KB004805

Knock

ou Le triomphe de la Médecine

크노크, 어쩌면 의학의 승리

쥘 로맹 희곡

이선주 옮김

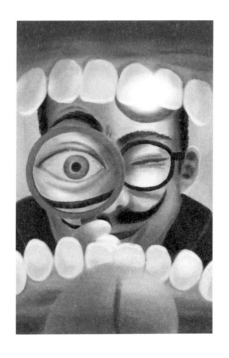

북레시피

자크 에베르토Jacques Hébertot 감독,
루이 주베Louis Jouvet 연출의 이 희곡은
1923년 12월 15일 파리 샹젤리제 극장에서
처음으로 상연되었다.

등장인물

닥터 파르팔레

크노크(닥터 파르팔레를 이어
생모리스에 새로 부임하는 의사)

파르팔레 부인
장(운전사)
북치기
검은색 복장의 여인
보라색 복장의 여인
사내 1
사내 2
시피옹(클레 호텔 심부름꾼)
하녀
무대 뒤에서 들려오는 마리에트(크노크의 비서) 목소리

베르나르(교사)

차례

무스케(약사)

레미 부인(클레 호텔 주인)

1막은 1장으로만 구성되어 있다. 배경은 1900–1902년
모델의 구형 자동차 내부와 그 주변. 차체가 큰 이
자동차는 (마차 식으로) 뚜껑이 열리는 토르페도이다.
1막 중간중간 차가 움직이거나 멈춰 서곤 한다.
등장인물들은 기차역에서 출발하여 산길을 따라
오르막길로 접어든다.

1막

1장

크노크, 닥터 파르팔레, 파르팔레 부인, 장

닥터 파르팔레 크노크 선생, 반갑소이다. 짐은 그게 전부인가요?

크노크 네, 이게 답니다.

닥터 장이 운전석 옆자리에다 실어줄 겁니다. 우리 셋은 나란히 뒷자리에 앉읍시다. 이 차가 요새 차와는 달라서 가운데 좌석도 넓고 편하거든요!

크노크 (짐가방을 내려놓으며 장에게) 이 짐들 잘 좀 부탁드리오. 그 안에 조심스럽게 다루어야 하는 기구들이 들어 있으니까요.

장이 크노크의 짐들을 싣는다.

파르팔레 부인 이 차가 바로 우리 토르페도*랍니다. 멋지지요! 섣불리 팔아버리면 오랫동안 후회막심하게 될 물건이지요.

크노크는 의외라는 듯 차를 바라본다.

닥터 암, 그렇다마다요. 고풍식 2열 좌석에다 뚜껑까지 갖추고 있는 무개차이거든요.

크노크 아, 예예.

크노크의 짐 때문에 장의 옆자리가 가득 찬다.

닥터 한번 보세요! 선생의 짐들이 거뜬히 실리고도 남지 않습니까! 장은 전혀 불편하지 않을 겁니다. 짐을 더 가져오시지 그랬어요. 그랬더라면 이 차의 진가를 보여드릴 수 있었을 텐데.

크노크 여기서 생모리스가 먼가요?

---

* 19세기 말에서 20세기 초의 자동차로, 마차 식으로 뚜껑이 열린다.

닥터 11킬로 거리랍니다. 가다 보면 아시겠지만 이 길이 철로와 나란히 나 있지요. 덕분에 우리 단골을 끌어왔지요. 이런 길을 두고 환자들이 굳이 다른 길을 까다롭게 선택하지는 않으니까요.

크노크 다른 지름길이 없다는 말씀입니까?

닥터 없습니다. 차가 영 고물이라 차라리 걷자고 작정하면 또 모를까.

부인 이곳에선 차가 없으면 힘듭니다.

닥터 특히나 우리 직업상.

크노크는 정중하면서도 덤덤한 태도다.

장 (파르팔레에게) 출발할까요?

닥터 그럽시다. 출발합시다.

장은 엔진 덮개를 열어 점화 플러그를 뽑고 주유를 하는 등 자동차를 작동시키기 위한 조작을 시작한다.

부인 (크노크에게) 가는 길의 경치가 멋들어진답니다.

제나이드 플뢰리오*가 쓴 소설, 제목이 뭐였더라, 여하튼 거기에 잘 묘사돼 있지요. (차에 오르면서 남편에게) 당신이 간이의자에 앉을 거지요? 크노크 선생님이 내 옆자리에 앉아서 경치를 음미할 수 있도록이요.

크노크가 파르팔레 부인의 왼쪽에 앉는다.

닥터 차가 넓어서 세 명이 뒤에 나란히 앉아도 전혀 불편하지 않은데, 멋진 파노라마가 펼쳐지는 것을 구경시켜드리자니…… (장에게로 다가가며) 별문제 없지요! 기름은 다 넣었소? 두 군데 모두? 엔진 점화 플러그도 좀 닦는 게 낫지 않겠소? 11킬로를 달려왔으니. 기름통도 꼭꼭 닫고. 차라리 낡은 목도리가 이 헝겊 누더기보단 낫겠네. (뒷자리로 가면서) 됐습니다! 완벽해요! (차에 오른다) 그럼 이제 좀 앉아볼까요. 어이쿠, 크노크 선생! 나는 이 간이의자

* Zénaïde Fleuriot. 1829~1890. 프랑스의 여성 소설가.

에 앉소이다. 이래 봬도 널찍해서 접이식 안락의자나 마찬가집니다.

부인 생모리스까지는 계속 오르막길이랍니다. 걸어서 간다면, 이 짐들까지 들고, 생각만 해도 끔찍하네요. 그런데 이렇게 차로 가니 그야말로 즐거운 나들이지요.

닥터 선생, 젊었을 땐 나도 이 길에서 시상이 떠오르곤 했답니다. 이제 곧 우리 눈앞에 펼쳐질 멋들어진 자연 풍광을 바라보면서 14행의 소네트가 절로 나왔으니. 거참, 아직도 몇 구절 기억이 나는구려. "계곡의 심오함이여, 야생의 적막함이여……."

장이 시동을 걸기 위해 필사적으로 크랭크 핸들을 돌린다.

부인 당신 요사이 몇 년간 심오하다는 말에 꽂혀 있네요. 이전에는 '계곡의 상처'라고 하더니.

닥터 맞아! 맞아! (폭음이 들려온다) 선생, 저 소리 좀 들어보시오. 모터 소리도 기똥차지요. 저렇게 거창

하게 돌려주면 이렇게 멋들어지게 출발하는 겁니다!

장이 운전석에 자리를 잡고 앉는다. 차가 흔들거리며 움직이기 시작하고 서서히 주위 풍경이 펼쳐진다.

닥터 (잠시 침묵하고 있다가) 친애하는 후임자님, 나만 믿으세요! (크노크를 한번 친다) 이 순간부터 선생은 정말로 내 후계자가 된 것이랍니다. 둘도 없는 기회를 잡은 것이지요. 그렇소이다. 바로 이 순간부터 내 손님들은 바로 선생의 손님들이 되는 겁니다. 이렇게 달리고 있는 이 길에서도 손님들이 나를 알아보고는 내 의술의 도움을 요청하는 사람들이 있다면 나는 이렇게 말하겠소. "잘못 보셨소이다. 이제부터는 내가 아니라 바로 이분이 이곳의 의사랍니다!" (그러면서 크노크를 가리킨다) 선생이 다소 모순적인 내 제안에 합의해줘서 (털털거리는 엔진 소리) 이제 나는 이 동굴을 떠나는 것이라오. (엔진 소리) 여하튼 구차하게 따지지 않고 기분파인 나와 거래하게 된 것만으로도 아주 행운인 줄 아시오.

부인 이이는 대도시에서 말년을 보낼 거라고 항상 다 짐해왔거든요.

닥터 거대한 무대에서 멋들어지게 노래하는 것! 좀 우스꽝스러운가요? 늘 파리를 꿈꾸었는데, 리옹으로 만족하렵니다.

부인 이곳에서 한 재산 모으며 조용히 말년을 보내도 좋으련만!

크노크는 두 사람을 차례대로 바라보며 잠시 생각에 잠기더니 바깥 풍경 쪽으로 눈길을 돌린다.

닥터 선생, 나를 너무 비웃지 마시오. 알고 보면 바로 내 이런 열망 덕분에 그렇게 몇 푼 안 들이고 내 손님들을 고스란히 물려받는 거니까.

크노크 그렇게 생각하시나요?

닥터 그럼요. 당연하지요!

크노크 여하튼 흥정도 하지 않고 달라는 대로 드렸지 않습니까.

닥터 그 말도 맞소이다. 선생의 까다롭지 않은 태도가

마음에 들었소. 더욱이 허겁지겁 달려와서 흥정해
보려고 법석을 떨지도 않고 느긋하게 우편으로 다
루는 방식도 그렇고. 과감하다고 해야 할까? 어딘
지 미국식처럼. 어쨌든 정말 치하하는 바이오. 이런
가격에 넘겨받다니, 사실상 횡재한 겁니다. 게다가
고객들까지 덤으로 한꺼번에……

부인 경쟁자가 없거든요.

닥터 약사가 있긴 하지만 그냥 약만 팔지요.

부인 여기선 돈 쓸 일도 없어요.

닥터 돈이 드는 유흥거리도 없답니다.

부인 반년도 안 돼 선생님이 이이한테 갚아야 하는 돈
의 두 배를 버실 겁니다.

닥터 그래도 넉넉하게 4분기로 지불하도록 해드리리
다! 아내의 류머티즘만 아니었어도 우리는 여기서
여생을 보냈을 겁니다.

크노크 사모님이 류머티즘이신가요?

부인 애석하게도!

닥터 기후가 일반적으로 쾌청한 편이지만, 별다른 효
력이 없었소이다.

크노크 이 지역에 류머티즘 환자들이 많습니까?

닥터 있는 게 류머티즘 환자들뿐이라오.

크노크 아하! 그거야말로 흥미롭군요!

닥터 그렇죠. 류머티즘 연구가에게는.

크노크 (조용한 목소리로) 그게 아니라 환자 얘기랍니다.

닥터 아! 그렇지 않소이다. 여기 사람들은 류머티즘 때문에 의사를 찾지는 않아요. 비가 오게 해달라고 신부를 찾아가면 모를까.

크노크 기가 찰 노릇이군요.

부인 밖을 좀 보세요. 경치가 얼마나 좋은지. 마치 스위스에라도 와 있는 것 같잖아요.

모터 소리가 강해진다.

장 (파르팔레의 귀에다 대고) 저기요, 선생님. 뭔가 좀 이상합니다. 기름통을 한번 살펴봐야 할 것 같습니다.

닥터 (장을 향해) 그럽시다, 그래요! (일행들을 향해) 안 그래도 마침 잠시 쉬어 가자고 하려던 참이었소.

부인 왜요?

닥터 (부인에게 눈치 주는 표정을 지어 보이면서) 경치
가…… 그러니까, 음! 볼만하잖소!

부인 기왕 쉴 바에야 좀 더 올라가면 더 좋은 곳이 있
잖아요.

차가 멈춰 서자, 그제야 부인은 눈치챈다.

닥터 좀 더 올라가서 또 쉽시다그려. 두 번이고 세 번
이고 마음이 끌리는 대로. 여하튼 우리가 운전을 하
지 않으니 천만다행이구려! (크노크를 향해) 보셨지
요! 차가 얼마나 부드럽게 멈추었는지를 말이오. 질
주하든 멈춰 서든 주인에게는 항상 공손하지요. 이
렇게 산이 많은 지역에서는 필수적이지요. (차에서
내리며) 선생도 곧 차 정비에 관심을 가지게 될 겁니
다. 생각보다 빨리. 이런 말도 있지 않습니까. 내실
이 튼튼하고 볼 일이니, 가지고 있는 금속이 곧 내
실이니라!

크노크 류머티즘은 그렇다 치고, 폐렴이나 늑막염 같
은 건?

닥터 (장에게) 이참에 파이프를 한번 점검해보시게나. (그러곤 다시 크노크를 향해) 폐렴과 늑막염이라고 했습니까? 그런 병은 드뭅니다. 기후가 척박하다 보니 부실한 신생아들은 6개월을 채 넘기지 못하지요. 그렇다 보니 의사가 살리겠다고 나설 틈도 없고. 그러고도 생존하는 아이들은 그야말로 튼튼하답니다. 대신 뇌출혈이나 심장마비는 있습니다만, 그렇게 지내다가 대개 50대쯤 급사할 거라고 여기며 살아가지요들.

크노크 갑자기 죽어버리는 사람들을 치료하면서 돈을 벌 수는 없지 않습니까?

닥터 당연하지요. (뭔가를 찾으며) 그 외 남은 것은 독감이지요. 그렇다고 예사로운 독감 따위로는 걱정도 하지 않아요. 되레 그 정도는 까딱도 없다면서 비웃는답니다. 세계적인 유행성 독감이라면 또 모를까.

크노크 아니 그렇다면, 거의 하늘에서 떨어지는 혜성을 기다리는 거나 마찬가지지 않습니까. 다음번에 전 세계적으로 유행할 전염병을 기다려야 한다면 말이지요!

닥터 이렇게 말하고 있는 나 자신도 그런 전염병을 벌써 두 차례나 겪었는걸요. 1889-90년* 그리고 지난 1918년에도.**

부인 1918년에는 여기서도 수많은 사람이 사망했지요. 대도시보다 상대적으로 더 많이. (남편을 향해) 그렇지요? 당신이 직접 숫자로 비교해봤지요?

닥터 비율로 따져볼 때, 이 지역이 여든세 군데 지역보다 앞서 있었답니다.

크노크 그 사람들 치료는 받아봤나요?

닥터 예, 특히 막판에.

부인 그래서 생미셸 날에 들어온 돈이 적지 않았답니다.

장이 차를 점검하기 위해 차 밑으로 드러눕는다.

---

* 러시아 독감. 아시아 독감이라고도 불렸다. 이 질병은 전 세계로 퍼져 백만 명 이상이 사망했다.

** 스페인 독감. 유럽 전역에 걸쳐 약 5억 명의 사람들이 스페인 독감의 희생양이 되었다.

크노크 왜요? 그날이 특별한 날인가요?

부인 여기서는 손님들이 생미셸 날에 돈을 내거든요.

크노크 예? 그게 도대체 무슨 말이지요? 그리스력으로 치자면 어떤 날인가요? 혹시 생글랭글랭* 날 같은 건가요?

닥터 (가끔씩 운전사의 작업에 눈길을 돌리면서) 그게 무슨 말씀이오. 생미셸 날은 9월 말이고, 달력에서 가장 특별한 날 중 하난데.**

크노크 (목소리 톤을 높이며) 지금이 10월 초잖습니까! 아하! 그야말로 팔아치우기 딱 좋은 시기였던 거군요! (몇 발 내딛고는 생각에 잠겼다가) 그렇다면 간단한 진료를 받으러 오는 사람은요? 그런 사람은 진료 후 바로 지불하겠지요?

닥터 아니오. 생미셸에 지불합니다! 그게 여기 관습이라오.

---

* Saint-Glinglin. 정확한 날짜 없이 기약 없고 막연한 날을 칭한다.

** Saint-Michel. 9월 29일로 서양에서는 추수 직후, 수금하거나 빚을 갚는 전통이 있다.

크노크 만일 딱 한 번만 진단차 오고 일 년 내내 얼굴
한번 내밀지 않는다고 해도요?

닥터 그래도 생미셸이오!

부인 예, 생미셸이랍니다.

크노크는 그들을 바라보고 나서 침묵한다.

부인 더욱이 거의 모두 딱 한 번만 오는데…….

크노크 뭐라고요?

부인 예, 그렇답니다.

파르팔레는 마냥 덤덤한 표정이다.

크노크 그렇다면 단골들은요?

부인 단골이라니요?

크노크 그러니까 일주일에 여러 번, 아니 한 달에 여러
번 들르는 사람들 말입니다.

부인 여보, 이분 말씀 들었어요? 우리 고객들을 빵집
이나 정육점 손님처럼 말씀하시는 거? 하긴 뭐 초

보자들이 원래 그렇긴 하지요. 여전히 환상에 빠져 서는…….

닥터 (크노크의 팔에 손을 얹고서) 안심하시오, 선생. 이곳 사람들은 그야말로 최고의 고객이랍니다. 의사를 그야말로 독립적으로 내버려 두거든요.

크노크 독립적이라고요? 무슨 말인지!

닥터 내 말을 좀 들어보시오! 그러니까 의사가 언젠가는 낫게 되는 환자들에게 의존하지 않아도 된다는 얘기라오! 환자들이 아무에게도 의존하지 않는다는 소리지요.

크노크 다른 말로 하면 제가 낚싯대와 먹이라도 준비해 왔어야 한다는 말이잖습니까. 아니면 현장에 가서 구할 수도 있겠군요. (몇 발자국 걷고는 잠시 명상에 잠긴 듯하다가 또 차 쪽으로 다가와서 차에 심취한 듯 보이더니 몸을 반쯤 돌린다) 이제야 확실히 상황정리가 되기 시작하는군요. 선생님께서는 이미 제게 이 차 상태와 거의 다름없는 고객들을 양도하셨으니…… 그렇죠. 몇천 프랑에 말이죠. 그 돈은 앞으로 제가 고스란히 갚아야 하고요. (차를 다정스럽

게 몇 번 두드려본다) 19프랑이면 제값이겠는데, 25
프랑은 턱도 없습니다. (음미하듯 자동차를 바라보고
는) 좋습니다! 제가 원래 그렇게 쫀쫀한 사람은 아
니니 30 드리지요.

닥터 30프랑이라고요! 내 차를? 전부 합쳐서 6천 아니
면 팔지 않겠소.

크노크 (애석하다는 표정으로) 그러실 거라 생각했습니
다! (차를 한 번 더 바라본다) 그렇다면 저는 이 차를
살 수가 없겠습니다.

닥터 그렇지 않소, 아직 기회는 있소이다. 제값을 쳐준
다면 말이오.

크노크 유감이군요. 저는 이 물건을 브르타뉴식으로
바꿔보려고 했는데. (두 사람 가까이로 다가오면서)
그리고 선생님의 고객들과 관련해서는 아직 선택
의 여지가 있다면 이 차처럼 가차 없이 포기하고
싶군요.

닥터 내 감히 한마디 하겠는데, 선생은 지금 잘못된 판
단에 휘둘리고 있는 거랍니다.

크노크 제가요? 오히려 제가 선생님에게 휘둘리고 있

는 것 같은데요. 여하튼 저는 원래 불평이나 해대는 그런 성격이 아닙니다. 속았다 싶으면 오히려 저 자신을 탓하지요.

부인 속았다니요? 진정하세요!

닥터 난 단지 선생이 잘못 생각하고 있다는 걸 깨우쳐 주려 했을 뿐인데.

크노크 지불 기한 문제도 그렇습니다. 3개월마다라니 말이 안 되지요. 환자들이 진료비를 연간으로 지불하는 마당에 말입니다. 그러니 그것도 수정해야겠습니다. 뭐 그렇다고 너무 심려하지는 마세요. 전 빚지는 건 딱 질색인지라. 뭐 따지고 보면 척추병이나 엉덩이 뿔난 것보다는 덜 고약하다고 여기면 되니까.

부인 아니! 정해진 날짜대로 지불하지 않겠다는 말씀인가요?

크노크 할 수만 있다면 온몸을 바쳐서라도 지불하겠습니다. 하지만 제가 돈 나와라 뚝딱 하는 도깨비도 아니고, 그렇다고 생글랭글랭 날짜를 달력에서 바꿀 재간도 없고.

부인 생미셸이라니까요!

크노크 그래요. 생미셸!

닥터 그동안 모아둔 돈이 좀 있을 것 아닙니까?

크노크 모아둔 거 하나도 없습니다. 그날그날 벌어서 먹고사는데. 아니 그렇게 살기만을 학수고대하고 있는 처지인데. 게다가 그저 아리송할 뿐인 고객들의 상황까지 고려하면 한탄스럽기 그지없습니다. 하긴 뭐 어차피 완전히 새로운 방식을 적용하려고 생각하고 있으니까. (잠깐 숙고하더니 마치 다른 사람처럼) 여하튼 모양새는 바뀔 테니.

닥터 그렇다면 바로 그래서도 미리 절망하고 포기하는 건 선생 자신에게 다시 한번 잘못을 범하는 셈이라오. 결국 무경험이 만들어낸 섣부른 결정일 테니까. 물론 의학은 풍요로운 터전이긴 하지요. 그렇다 해도 추수를 그냥 공짜로 할 수는 없지 않겠소. 선생도 젊은 시절 꿈이 있었을 텐데, 그 꿈이 이제 빛바랜 거요?

크노크 말씀에 오류가 있습니다. 우선 제 나이가 불혹이랍니다. 제게 의학적 꿈이 있다면, 젊을 때의 꿈이 아니라는 말이지요.

닥터 아니 그런데 그 나이에 이제껏 한 번도 실전에서 뛰어보지 않았다는 말씀이오?

크노크 그것도 오류랍니다.

닥터 그게 무슨 말이오? 지난여름에 박사 논문이 통과되었다고 하지 않았던가요?

크노크 네. 8절판 사이즈로 빽빽하게 실린 총 32쪽의 논문이지요. '보이는 대로의 건강 상태에 대하여'라는 제목으로. "멀쩡해 보이는 사람들도 자신이 모르는 병을 앓고 있다"는 클로드 베르나르*의 견해에 동조한 것이지요.

닥터 우리도 전적으로 동의합니다.

크노크 제 논문의 심오한 의미에 대해서 말씀이신가요?

닥터 아니, 선생이 의사 초보라는 데 말이오.

크노크 아 실례했습니다. 사실상 제 연구는 극히 최신 거라. 그건 그렇고 사실 제가 의료 현장의 실전에

---

* Claude Bernard. 1813-1878. 전염병과 생리학 전문 프랑스 의사로 실험의학의 창시자.

입문한 지는 벌써 20년째 됩니다.

닥터 뭐라고요! 군대 내무과에서 일하기라도 했나요? 그렇다 해도 내무원은 이제 없어졌는데!

크노크 아닙니다. 고등학교를 졸업하고 나서지요.

부인 고등학교에 의학과가 있다는 말은 금시초문인데 요.

크노크 부인, 전 문과 쪽이었습니다.

닥터 그렇다면 학위도 없으면서 몰래 일해왔다는 말씀이오?

크노크 천만의 말씀. 그것도 시골구석이 아니라 7천 킬로미터는 족히 되는 공간에서요.

닥터 무슨 말인지 모르겠는데요.

크노크 간단하답니다. 20년 전 저는 라틴어 학업을 포기하고 마르세유에 있는 '담 드 프랑스(지방에 여러 체인점을 가지고 있던 천 가게)'에서 장사를 했지요. 넥타이 판매였습니다. 그런데 그 일자리를 잃게 되었지요. 그래서 항구 근처를 서성거리고 있다가 1,700톤의 인도행 증기 선박에서 의사를 구한다는 광고를 접하게 되었습니다. 더욱이 딱히 의사자격증이 없어도 된다더군요. 선생님이 저라면 어떻게 하셨겠습니까?

닥터 당연히 그 광고를 무시했겠지요.

크노크 선생님이라면 그랬겠지요. 딱히 신조가 없으시니. 그런데 전 곧장 거기로 갔습니다. 거짓말은 딱 질색이라 가는 즉시 당당하게 말했지요. "여러분, 제가 의사라고 말할 수 있으면 좋겠지만, 저는 의사가 아닙니다. 거기다 더 심각한 것은 무슨 주제로 논문을 쓰게 될지도 아직 모르는 상황입니다." 그랬더니 제가 의사자격증이 있건 없건, 논문 주제가 뭐가 됐든 아무 상관이 없다고 하더군요. 전 계속해서 말했죠. "아직 자격증은 획득하지 못했다 해도 일의 성격상 저를 선박의 의사라고 불러주시기 바랍니다." 그들이 당연하다고 말하더군요. 저는 계속 말을 이어갔지요. 거의 15분여 동안. 양심적으로 따지면 의사로 불릴 권한이 없음에도 불구하고 왜 군이 저를 그렇게 불러야 하는지에 대한 이유들을 설명하면서요. 그러고 나니 정작 급여에 대한 얘기를 할 시간이 3분도 채 남지 않더라고요.

닥터 그런데 의료 지식이 정말 하나도 없었던 겁니까?

크노크 그러니까, 말씀드리자면 저는 아주 어릴 때부터 신문에 실리는 의료 광고와 약 광고들, 그리고 그 외 부모님이 사오시는 알약이나 시럽에 첨부되어 있는 '복용 방법'에 남다른 관심을 가지고 있었습니다. 그러다 아홉 살쯤 되니 그렇게 지지부진한 내용들도 달달 외우게 되더군요. 1897년 부르주의 P 씨 미망인이 미국의 차茶 회사인 쉐이커에 보냈던 편지 내용을 지금도 기억하고 있습니다. 한번 읊어볼까요?

닥터 아니 됐습니다. 그럴 거라고 믿습니다.

크노크 그런 글들과 더불어 일찍이 의료 전문직에서 사용하는 문체와 친근해졌지요. 특히나 그러한 것들이 제게 의학의 진정한 의미와 의학이 나아갈 방향을 제시해주었답니다. 알고 보면 의대 교육에서는 과학을 들먹이며 거의 무시해버리는 내용들이지요. 감히 말씀드리자면 열두 살에 저는 이미 확실한 의료 감성을 지니고 있었답니다. 작금의 제 의료 방식도 바로 거기서 나왔다고 할 수 있지요.

닥터 선생만의 방식이 따로 있나 보지요? 뭔지 궁금한
　　　데요.

크노크 전 선동은 하지 않습니다. 무엇보다도 중요한
　　　건 결과지요. 오늘 이렇게 전임자 되시는 분의 고객
　　　들이 형편없다는 걸 선생님의 입으로 직접 듣게 되
　　　었으니.

닥터 뭐라고요? 형편없다니요? 아니 무슨 그런!

크노크 일 년 후 한번 들러보세요. 제가 구축해놓은 결
　　　과를 보고 싶으시다면 말입니다. 부인할 수 없는 실
　　　증물로 보여드릴 테니. 맨땅에 헤딩하는 거나 마찬
　　　가지니, 선생님은 그야말로 제로에서 시작해 쌓일
　　　결과를 있는 그대로 고스란히 보게 되겠네요.

장 어쩌죠, 선생님…… (파르팔레가 장을 향해 간다)
　　　휘발유 통을 뜯어봐야 할 것 같습니다.

닥터 그래요, 그렇게 해요. (되돌아온다) 우리의 대화
　　　가 길어지고 있는 만큼 장에게 직접 기름통을 점검
　　　하고 청소하라 일러두었소이다.

부인 그런데 그 배에 승선해서는 일을 어떻게 감당하
　　　셨나요?

크노크 승선하기 이틀 전, 이틀 밤낮을 심사숙고했지요. 그러고 나서 배를 타고 6개월간 실전에 몸담으며 지냈는데 그게 곧 제가 원래 가지고 있던 개념들을 확인하는 계기가 되었습니다. 그러니까 병원에서 흔히 하듯이 진료를 했던 거죠.

부인 환자들이 많았나요?

크노크 배의 임원들과 승객 일곱 명이 있었는데, 환경도 열악했지요. 그러니까 모두 35명이었습니다.

부인 그래도 사람들이 꽤 있었네요.

닥터 사망자가 있었소?

크노크 아니요. 더욱이 그건 제 신조에 어긋난답니다. 저는 치명사를 줄인다는 쪽이라서.

닥터 우리 모두가 그렇지요, 뭐.

크노크 선생님도 그러세요? 안 그러신 줄 알았는데. 이제껏 말씀하신 걸로 봐서 그 반대라고 생각했는데 여하튼 우리는 환자들을 '보존'하는 일을 해야 하는 거지요.

부인 선생님의 말씀에도 일리가 있네요.

닥터 아픈 사람들이 많았나요?

크노크 35명이었지요.

닥터 그렇다면 모두 다 아팠다는 말이오?

크노크 그렇습니다. 모두들.

부인 그러면 배는 누가 조정하고요.

크노크 뭐 돌아가면서 하면 되지요.

침묵

닥터 그러니까 이제는 정말로 의사인 거지요? 여기서는 명함이 중요하거든요. 혹여나 그렇지 않은 경우라면 문제가 많이 생길 테니, 진짜 의사가 아니라면 지금 당장 사실대로 말하는 게 좋을 겁니다.

크노크 당연히 당당한 의사랍니다. 배에서 제 방식이 통한다는 걸 확인하고 난 뒤 하루속히 뭍으로 나가 보다 광범위한 곳에서 그 의술을 적용해보고 싶었지요. 그렇게 하려면 박사 학위가 있어야 한다는 걸 저도 당연히 알고 있었습니다.

부인 학위를 받은 지 얼마 안 되었다고 하지 않았던가요?

크노크 예, 그때 곧바로 학업을 시작할 수가 없는 처지
였습니다. 얼마 동안은 두류 장사에 몸을 담았지요.

부인 두류요?

크노크 예, 땅콩 말입니다. (부인은 야릇하다는 듯 작
은 제스처를 해 보인다) 아! 부인, 그렇다고 바구니
들고 땅콩을 팔았다는 얘기가 아니랍니다. 그러니
까 일종의 중개업을 했지요. 상인들이 제게 와서 사
가도록. 만일 그 일을 10년 정도 했더라면 전 백만
장자가 되었을 겁니다. 그런데 하다 보니 지루하더
라고요. 하긴 거의 모든 직업이 오래 하다 보면 지
루해지기 마련인데, 그걸 저도 몸소 체험한 거지요.
그런데 의학에는 진정한 뭔가가 있지요. 제가 아직
까지 경험해보지 않은 직종인 정치나 재무, 성직도
아마 그럴 테고요.

부인 선생님의 방식을 이곳에서 적용할 생각이신가
요?

크노크 그럴 생각이 없었다면 제가 당장 줄행랑을 쳤
겠지요. 물론 대도시면 더 좋았겠지만.

부인 (남편에게) 당신, 이제 리옹으로 떠나는 마당에

여기 선생님한테 그 방식에 대한 정보 좀 얻어보는 게 어때요? 밑져 봤자 본전인데.

닥터 크노크 선생이 자신만의 비법을 어디 함부로 폭로하시겠소.

크노크 (잠시 숙고하고 나서 파르팔레를 향해) 선생님의 기분이 상하지 않도록 제가 제안 하나 드리지요. 권리금을, 언제 마련될지도 모르는 현금으로 드리는 대신, 알짜배기로 갚아드리는 겁니다. 다시 말해 저와 일주일을 같이 일해보시면서 제 방식에 입문하는 식으로다가요.

닥터 (어처구니없다는 듯) 농담이시겠지요. 선생이야말로 일주일 만에 나한테 편지를 쓰게 될 거요. 조언 좀 해달라고.

크노크 저는 일주일까지 기다리지 않습니다. 선생님께 얻어야 할 유용한 정보는 여기서 당장 얻을 겁니다.

닥터 좋소이다. 얼마든지 물어보시오.

크노크 마을에 북 치는 사람이 있나요?

닥터 북 치면서 마을의 특정 행사를 알리는 사람 말입니까?

크노크 예, 바로 그렇습니다.

닥터 한 명 있긴 한데, 마을의 공식 행사들을 주로 알리지요. 가끔 개인의 요청을 받아 일을 하기도 하는데 돈지갑을 잃어버렸다거나, 또 가끔 장사꾼들이 남은 물건 떨이할 때.

크노크 음, 생모리스의 주민이 총 몇 명이지요?

닥터 마을 중심에 3,500, 그 외 근교 주민들은 6천여 명 된다고 알고 있소이다만.

크노크 그럼 주변 지역까지를 합하면요?

닥터 적어도 그 두 배는 될 거요.

크노크 주민들이 가난한가요?

부인 무슨 말씀이세요. 오히려 넉넉하답니다. 아니, 알부자라고 해도 과언이 아니지요. 대형 농장들도 있으니까. 이곳에는 자급자족하고 있는 사람들이 부지기수랍니다.

닥터 그런데도 얼마나 구두쇠들인지.

크노크 산업 지역도 있나요?

닥터 극히 드뭅니다.

크노크 상업 쪽은요?

부인 부족한 게 바로 가게랍니다.

크노크 상인들이 장사에 매진하고 있나요?

닥터 아이고 맙소사. 전혀 그렇지 않소이다. 대부분의 사람들이 부업으로 하고 있어서 소일거리 정도로 보면 되지요.

부인 여편네들이 가게를 지키고 남편들은 산책이나 하는 식이죠.

닥터 아니면 그 반대거나.

부인 아니지요. 주로 남편들이 그러잖아요. 특히나 여자들은 딱히 갈 데도 없다 보니. 그 반대로 남자들은 사냥이나 낚시를 할 수도 있지요. 구주희*를 하는 사람들도 있고. 그러다 겨울이 되면 카페로들 향하고.

크노크 여자분들 신앙심이 돈독한가요? (파르팔레가 웃기 시작한다) 제겐 아주 중요한 문젭니다.

부인 대부분 미사엔 가지요.

크노크 그렇다면 그들의 일상생활에서 하느님의 자리

---

* 중세 유럽 대륙에서 시작된 것으로 보이는 야외 볼링.

가 큰가요?

부인 당연하지요!

크노크 알았습니다. (잠시 숙고 후) 심각한 과오는 없나 보군요.

닥터 그게 무슨 말이지요?

크노크 아편, 코카인, 악마숭배, 남색, 정치적 반감 같은 거 말입니다.

닥터 전혀 무관한 요소들을 잔뜩 마구 섞으시네요! 아편이나 악마숭배 같은 얘긴 들어본 적도 없소이다. 대신 정치로 말할 것 같으면 어디나 그렇듯 이곳 사람들도 어느 정도 관심이 있긴 하지요.

크노크 예, 근데 혹시 선거 때 투표나 세금 문제로 특정한 약초를 태워 부모님의 발을 그을린다거나 하는 일은?

닥터 아이고, 그런 일이 없어서 천만다행이올시다.

크노크 그렇다면 불륜은요?

닥터 뭐라고요?

크노크 그러니까 마을 발전시킨다고 외부에서 들어온 사람이라든가 어떤 스캔들이라도 있는지?

닥터 거참 질문들이 요상하기 짝이 없군요! 물론 다른 곳이나 마찬가지로 아내를 속이고 바람난 남편은 있겠지만, 그 이상도 그 이하도 아니라오.

부인 그러기가 쉽지 않죠. 모두가 모두를 지켜보고 있으니까.

크노크 그 외 제게 알려줄 다른 사항들은 더 없으신가요? 예를 들어 사이비 종교단체라든가, 미신이라든가, 비밀단체라든가?

부인 한때 여편네들 여럿이 모여서 강령회를 연 적은 있어요.

크노크 아! 아!

부인 법관 마누라 집에 모여서 영혼을 불러 물건을 움직여보면서.

크노크 그건 나쁘지요. 그런 몹쓸⋯⋯.

부인 이젠 안 할 겁니다.

크노크 그렇다면 다행이군요. 무당이나 신부의 기적 같은 건? 늙은 목동이 손만 가져다 대면 병이 낫는다든가 뭐 그런 거 말입니다.

장이 숨 가쁘게 기름통을 점검하며 땀 닦는 모습이 간간이 보인다.

닥터 옛날엔 그랬겠죠. 하나 요즘은 안 그러죠.

크노크 (약간 흥분한 표정으로 두 손바닥을 비비면서 흥정하듯) 그렇다면 이제부터 의학의 시대로 나아갈 수 있다는 말이군요. (차 쪽으로 다가가며) 장에게 좀 서둘러달라고 하면 과한 부탁일까요? 생모리스에 빨리 가보고 싶군요.

부인 갑자기 그런 마음이 든 거예요?

크노크 서둘러 가십시다. 어서.

닥터 도대체 갑자기 뭐가 그렇게 다급해진 거요?

크노크 (조용히 몇 번 왔다 갔다 하더니) 거참, 선생님이 생모리스에서 기똥찬 기회를 놓친 것 같소이다. 선생님의 방식으로 말하자면, 그러니까 풍년을 맞이할 곳에다 엉겅퀴만 잔뜩 자라게 만들었다고나 할까요. 금은보화를 잔뜩 깔고 포근한 침대에서 잠들 수 있었을 텐데. 부인은 목에다 진주 목걸이를 겹겹으로 걸 수 있었을 테고 말이죠. 그리고 지금쯤 두 분이 (차를 가리키며) 이런 구식 차가 아니라 폼나게 번쩍거리는 리무진을 타고 있을 텐데.

부인 농담이시지요?

크노크 부인, 이게 농담이라면 너무 잔인하지 않겠습니까.

부인 에구 끔찍해라! 당신, 이분 말 들었지요?

닥터 우리 의사 양반이 과대망상이라는 거, 게다가 간간이 우울증까지 있다는 건 나도 충분히 알아들었소. 보아하니 극한 감정이 오락가락하는 상태인 거 같은데 이대로라면 저 자릿값이 형편없어지겠군그래. 그 전에 넘기게 되었으니 우리야말로 천만다행이구먼!

파르팔레가 애석하다는 듯 어깨를 으쓱한다.

부인 당신도 너무 자기 생각만 우긴다고요. 생모리스에서 내가 늘 그랬잖아요. 그렇게 수동적으로만 대응할 게 아니라 뭐라도 시도해보는 게 나을 거라고.

닥터 됐소, 됐어! 첫 번째 지불 기한인 석 달 후에 다시 들러서 봅시다그려. 어디 그때 한번 보자고요. 크노크 선생이 어떤 상태인지.

크노크 예. 그러세요. 석 달 후에 오십시오. 그때 가서 이야기하도록 하지요. 여하튼 지금은 얼른 출발이나 합시다.

닥터 (약간 머뭇거리며 장에게) 준비됐소?

장 (작은 소리로) 예, 곧 다 끝나갑니다. 그런데 이번에는 시동이 쉽게 걸릴 것 같지 않습니다요.

닥터 그게 무슨 말인가?

장 (머리를 갸웃거리면서) 장정들이 필요할 것 같습니다요.

닥터 우리가 차를 한번 밀어보면 어떻겠소?

장 (별로 신뢰하지 않는 듯) 예. 우선은 그렇게라도.

닥터 아직 20미터 정도는 길이 편편하니까…… 내가 핸들을 잡을 테니 뒤에서 미시오.

장 예.

닥터 그다음 재빨리 차에 올라타는 겁니다, 알지요? (나머지 사람들을 향해) 크노크 선생, 차에 오르시오. 이번엔 내가 운전하오. 장이 헤라클라스라, 우리가 떠날 수 있게 도와줄 것이오. 그야말로 자동으로 출발하는 것이잖소. 인간의 근육이 엔진을 대신하는 거고. 사실 본질적으로 보면 결국 그게 그거니. (장이 차 뒤에서 안간힘을 쓴다)

막이 내린다

파르팔레가 살던 집. 크노크의 임시 거처. 탁자, 의자들,
책장, 긴 의자. 흑판과 세면대. 벽면에는 신체 구조와 뼈
구조의 그림들이 붙어 있다.

2막

1장

크노크, 마을 북치기

크노크 (앉아서 방을 바라보다가 뭔가를 쓴다) 당신이 이 마을 북치기요?

북치기 (서서) 예, 그렇습니다요.

크노크 끝에 꼭 '의사 선생님'이란 말을 붙이시오. 그러니까 이런 식으로 대답하시오. "예, 의사 선생님." 혹은 "아니요, 의사 선생님."

북치기 예, 의사 선생님.

크노크 밖에서 내 이야기를 할 기회가 있을 때도 이런 식으로 말하시오. "의사 선생님 왈, 의사 선생님이 말씀하시길." 나에겐 아주 중요하다오. 닥터 파르팔레를 언급할 때는 뭐라고 칭했소?

북치기 대단한 분인데 별로 강하지는 못하다고 했습죠.

크노크 그게 아니라 내 말은 그를 어떻게 불렀냐는 말
이오. 의사 선생님이라고 불렀소?

북치기 아뇨. 그냥 "파르팔레 씨"나 "의사 양반", 아니
면 "라바숄"*이라고 불렀지요.

크노크 라바숄?

북치기 그냥 그분의 별명이었는데, 왜 그런지는 저도
모릅니다요.

크노크 강하지는 못한 분이라 여긴다고 했나요?

북치기 아닙니다. 제겐 아주 강한 분이었습니다. 그런
데 다른 사람에게는 아니었던 모양이지요.

크노크 그래요!

북치기 그분을 뵈러 가면 그렇게 안 보였거든요.

크노크 뭐가 그렇게 안 보였다는 거요?

북치기 어딘지 선생님과는 달랐다는 얘기지요. 열 번
중 아홉 번은 그냥 되돌려 보냈거든요. "아무것도
아니라오. 내일은 거뜬할 테니 돌아가시오."라면서.

---

* Ravachol. 19세기 프랑스의 유명한 무정부주의자 프랑수아
클로뒤스 쾨니히슈타인François Claudius Koënigstein(1859~
1892)의 별명이다.

크노크 정말이요?

북치기 아니면 또 이랬지요. "네네. 그래요, 그래."라고만 하면서 우리 말을 제대로 듣지도 않고 서둘러 다른 말을 한다거나, 그러니까 한 시간 내내 자신의 자동차 이야기만 한다거나.

크노크 음, 마치 사람들이 차 얘기를 들으러 오기라도 한 것처럼!

북치기 그러곤 몇 푼 들지도 않는 처방을 내려주지요. 어떨 땐 그냥 따뜻한 차나 마시라고도 했습니다요. 사람들이 8프랑이나 하는 진단을 받으러 가면서 몇 푼 되지도 않는 처방을 기대하지는 않거든요. 아무리 멍청한 사람이라도 따뜻한 차나 마시자고 의사를 찾아가지는 않지요.

크노크 얘길 듣자 하니 내 마음이 다 아프구려. 그런데 내가 이렇게 당신을 부른 이유는 한 가지 물어볼 게 있어서라오. 만일 파르팔레 선생이 알림광고를 좀 해달라고 부탁한다면 얼마를 받겠소?

북치기 (약간 씁쓸해하면서) 그분이 광고 부탁할 일은 절대 없습죠.

크노크 뭐라고요! 30여 년간을 여기에서 부임하셨는데도!

북치기 30년간 단 한 번도 한 적이 없습니다요. 장담합니다요.

크노크 (손에 종이 한 장을 들고 일어서며) 당신이 잊어버린 거겠지요. 믿을 수가 없군요. 여하튼 가격이 얼마요?

북치기 대충 한 번 도는 데 3프랑이고, 좀 더 큰 반경으로 돌면 5프랑입죠. 좀 비싸게 보일는지 모르지만, 그렇게 도는 것도 쉽지 않거든요. 다만 선생님께 조언을……

크노크 의사 선생님이라고 하라니까요!

북치기 그러니까 의사 선생님께 조언을 드리자면, 비록 2프랑 차이지만 크게 한 바퀴 도는 게 훨씬 이득이 있습죠.

크노크 뭐가 다른데요?

북치기 작게 돌 때는 제가 다섯 번 멈추게 되지요. 읍사무소 앞, 우체국 앞, 클레 호텔 앞, 볼뢰르 사거리 앞, 중앙시장 앞, 이렇게요. 그런데 크게 돌면 열한

번을 멈춘답니다. 그러니…….

크노크 그렇다면 크게 도는 걸로 하겠소. 오늘 아침에
　시간 있소?

북치기 지금 당장이라도 괜찮습니다요.

크노크 자, 여기 광고 내용이 적혀 있소.

크노크가 종이를 건넨다.

북치기 (종이를 바라보며) 글자를 익히 알긴 하지만 우
　선 의사 선생님께서 직접 한번 읽어주시면 좋겠습
　니다요.

크노크 (크노크가 천천히 읽어나가자 북치기는 직업적인
　태도로 신중하게 듣는다) "닥터 파르팔레의 후임으
　로 온 크노크 의사 선생님이 주민들과 생모리스의
　군민들에게 정중히 인사드립니다. 몇 년 전부터 우
　리 지역을 점령하고 있는 온갖 종류의 의심스러운
　병들이 전파되지 않도록 힘쓰려는 선의와 자신감을
　담아 인사드리는 바입니다."

북치기 사실이 그렇습니다요.

크노크 (계속 읽어나간다) "매주 월요일 9시 반에서 11시 반까지 이 지역 주민들에 한하여 무료진료를 해 드립니다. 이 지역 주민이 아닌, 외부 사람들에게는 일반 가격인 8프랑이 적용되겠습니다."

북치기 (공손하게 종이를 받아 들며) 와우! 진짜 기똥찬 생각입니다요! 모두들 좋아라 할 겁니다! 더욱이 선의로다가! (톤을 바꾸며) 그런데 오늘이 바로 월요일이잖습니까요! 오늘 아침 제가 광고를 하게 되면 5분 만에 사람들이 모여들 것입니다요.

크노크 그렇게나 빨리요?

북치기 월요일에 시장이 선다는 걸 모르셨지요? 이 지역 사람의 절반이 거기로 모여듭니다요. 그러니까 제 광고가 그들의 귀에 곧장 들어박히는 거지요. 그렇게 되면 무척 정신없으실 텐데요.

크노크 그건 내가 알아서 하겠소이다.

북치기 그리고 또 있습니다요. 고객이 제일 많은 날이 바로 장이 서는 날이기도 하고요. 파르팔레 선생님도 월요일엔 바쁘셔서 뵙기 힘들었는데 (야릇한 표정을 지으며) 공짜 진료까지 하게 되면⋯⋯.

크노크 명심해두시오. 내가 무엇보다도 바라는 건 사람들이 치료받는 것이라는 사실을. 내가 돈을 바랐다면 파리나 뉴욕으로 갔지 여기서 이러고 있지는 않았을 테니.

북치기 아! 제대로 파악하셨습니다. 사람들이 필요한 치료를 받지 못하고 있지요. 자기 몸에 귀를 기울이지도 않고요. 심각할 정도랍니다. 그러다 혹여 드러눕게 되어도 여전히 미련을 부리면서까지요. 거의 야생동물 수준이라고나 할까요.

크노크 보아하니 상황을 잘 파악하고 계시네요.

북치기 (우쭐하며) 그럼요, 당연하지요. 저도 다 생각이 있는 놈인데. 잘난 분들이야 따로 있지만 그렇다고 뭐 제가 또 따로 지시를 받고 움직이는 것도 아니라서…… 읍장님, 그러니까 굳이 이름까지 밝히진 않겠지만, 읍장님도 익히 알고 계시지요. 선생님께 귀띔해드리자면…….

크노크 의사 선생님!

북치기 (넋 나간 표정으로) 아예, 의사 선생님! 하루는 경찰청장님이 몸소 읍사무소까지 행차하셔서 결혼

식이 거행되고 있는 장소에 들르셨는데 그 자리에 계셨던 높으신 분들, 그러니까 이름은 밝히지 않겠지만, 부읍장님한테, 아니 미샬롱 씨에게 확인하셔도 됩니다요. 그러니까…….

크노크 읍내 북치기가 다른 사람들보다 상황판단을 잘한다는 걸 청장님이 금세 알아차리는 바람에 읍장이 입도 뻥끗 못 하게 되었다는 얘기지요!

북치기 (경탄해 마지않으며) 와우 바로 그렇습니다요! 틀린 말 하나 없이 정확합니다요. 의사 선생님께서 그 자리에 있었던 것 같군요. 어디 구석에라도 숨어서 그 장면을 지켜본 게 아닌 이상…….

크노크 물론 난 그 자리에 없었소이다.

북치기 그렇다면 누군가 얘기해드렸겠지요. 높은 분 중에서 누군가가? (크노크가 능청스러운 태도를 취한다) 근간에 청장님과 말씀을 나누시면서 설마 저를 잘라버리자고 하시진 않았겠지요?

크노크는 미소를 지을 뿐이다.

크노크 (일어서면서) 자, 그럼 잘 부탁하오. 잘해주리라 믿소!

북치기 (여러 번 망설이다가) 제가 금방 여기 다시 들를 수는 없을 거 같고, 그렇게 되면 너무 늦어버릴 텐데…… 그래서 드리는 말인데, 제 공짜 진료를 지금 해주시면 안 되겠습니까요?

크노크 어…… 뭐 그럽시다. 대신 서두릅시다. 베르나르 선생님하고 무스케 약사님과 약속이 있으니까. 사람들이 들이닥치기 전에 그분들을 만나봐야 하거든요. 그런데 어디가 아프신 게요?

북치기 잠깐만요. 생각 좀 해보고요. (웃는다) 아, 이렇습니다요. 저녁 먹을 때 가끔 이 부분이 가렵습니다요. (그러면서 배꼽 윗부분을 내보인다) 간지럽히는 것도 같고, 아니 슬슬 긁는 것도 같고.

크노크 (아주 집중하는 모습으로) 혼동하지 마시오. 간지럽히는 것 같소, 슬슬 긁는 것 같소?

북치기 긁습니다요. (생각에 잠기더니) 아니 간지럽히기도 합니다.

크노크 정확히 어느 부분이 그런지 가리켜보시오.

북치기 여깁니다요.

크노크 여기요? 아니면 여기?

북치기 예, 거기요. 아니 아니, 거기 그 중간.

크노크 이 중간이요? 아니면 약간 왼쪽으로 이곳, 내 가 지금 손가락을 갖다 대는 이곳 말이오?

북치기 예, 그런 것 같습니다요.

크노크 이렇게 손가락으로 누르면 아프시오?

북치기 예, 아픈 것 같습니다요.

크노크 흠! (심각한 표정으로 숙고하더니) 식초 넣어 요 리한 송아지 머리 고기를 먹고 나면 더 가렵지 않은 가요?

북치기 전 그거 안 먹습니다. 만일 그걸 먹었더라면 더 가려울 법도 했겠습니다만.

크노크 음, 그게 중요해요. 연세가 어떻게 되시오?

북치기 쉰하나인데 곧 쉰둘 됩니다요.

크노크 쉰하나에 더 가깝소? 둘에 더 가깝소?

북치기 (약간 동요하며) 둘에 더 가깝습니다. 생일이 11 월 말이니.

크노크 (북치기의 어깨에 손을 얹으며) 보세요, 친구 양반! 오늘은 보통 때처럼 일을 하세요. 그리고 저녁에 좀 일찍 잠자리에 들도록 하고. 대신 내일 아침엔 내내 침대에 그대로 머물러 있도록 하시오. 내가 직접 들를 테니까. 방문 진료는 특별히 공짜로 해드리리다. 그렇다고 다른 사람들에게 소문내지는 마시오. 특별 대우니까.

북치기 (불안한 기색을 유지하며) 정말 좋으신 분이군요. 의사 선생님, 그런데 제 상태가 심각한가요?

크노크 아직은 그리 심각하지 않을 수도 있소. 그렇기에 더욱 치료를 받아야 하는 거고. 혹여 담배를 피우시오?

북치기 (손수건을 꺼내며) 아뇨. 피우지 않고 씹지요.

크노크 그렇다면 씹는 걸 그만두시오. 술을 즐기시오?

북치기 적당히 마십니다요.

크노크 이제 술은 한 방울도 입에 대지 마시오. 결혼은 하셨소?

북치기 예, 의사 선생님.

북치기가 손수건으로 이마를 훔친다.

크노크 그쪽도 자제해야 하오. 무슨 말인지 아시겠소?

북치기 먹는 건 괜찮나요?

크노크 오늘은 일을 해야 하니 죽을 좀 드시오. 그리고 내일부터는 좀 더 강경한 방식을 취하기로 합시다. 당분간은 내가 말한 것들을 따르도록 하시오.

북치기 (다시 이마를 훔치며) 이대로 당장 집에 가서 드러눕는 게 낫지 않겠습니까? 느낌이 영 안 좋은데.

크노크 (문을 열면서) 명심하시오! 당신 같은 경우 일출과 일몰 사이에 누워 있는 건 좋지 않소이다. 아무 일도 없었던 것처럼 광고부터 하면서 잠잠히 저녁까지 기다리시오.

크노크가 북치기를 배웅한다.

2장

크노크, 교사 베르나르

크노크　베르나르 선생님, 안녕하세요? 굳이 이 시간에 와달라고 해서 성가시게 한 건 아닌지 모르겠습니다.

베르나르　아닙니다, 의사 선생님. 쉬는 시간입니다. 보조교사가 아이들을 지켜보고 있지요.

크노크　꼭 만나 뵙고 대화를 나누고 싶었습니다. 선생님과 함께 할 일들이 아주 많은 터라. 더욱이 긴급한 것들이고. 그렇다고 제 전임자와 선생님이 함께 해오던 귀한 작업들을 제가 끼어들어 망치겠다는 건 아니고요.

베르나르　함께 해오던 작업이라니요?

크노크　우선 저에 대해서, 제가 저의 생각을 타인에게 억지로 강요하거나 제 전임자가 진행하던 일을 완

전히 무시해버리는 사람은 아니라는 걸 알아주십시
오. 저에게 있어서 초창기인 만큼 선생님이 오히려
저를 인도해주셔야지요.

베르나르 무슨 말씀이신지…….

크노크 당분간은 아무것도 손대지 않을 겁니다. 단지
해오던 일을 좀 개선하려는 것뿐입니다.

크노크가 자리에 앉는다.

베르나르 (같이 자리에 앉으며) 도대체 뭘?

크노크 그러니까 선동 말입니다. 뭐 선동까지는 아니
라도 대중 강연이나 지역의 작은 모임 같은 것들 말
입니다. 말하자면 선생님의 방식이 제 방식이 되는
거고 선생님의 시간이 제 시간이 되는 거지요.

베르나르 의사 선생님, 무슨 말씀인지 감이 오지 않습
니다. 도대체 무슨 말씀을 하시는 건지.

크노크 그러니까 제가 드리고 싶은 말은, 아직 자리가
덜 잡힌 이 기간 동안 선생님과 긴밀한 관계를 유지
하고 싶다는 것입니다.

베르나르 제가 알아둬야 할 무슨 일이라도 있습니까?

크노크 자자, 그러지 마시고. 선생님은 닥터 파르팔레와 꾸준히 친분을 쌓아오시지 않았습니까?

베르나르 클레 호텔 카페에서 가끔 만났지요. 같이 당구를 칠 때도 있었고.

크노크 그런 관계를 얘기하는 게 아닙니다.

베르나르 그 외 다른 관계는 없었는데요.

크노크 아니, 그렇다면 일반적인 위생 교육은 그간 어떻게 해오셨나요? 그러니까 가정에서 지켜야 할 위생 수칙에 대한 교육 같은 것 말이지요. 의사와 교육자가 함께 의견을 모아야 할 일이 한두 가지가 아니잖습니까?

베르나르 그런 거 아무것도 없었는데요.

크노크 그렇다면 각자 따로 해오셨나요?

베르나르 그에 대한 대답은 간단합니다. 우리 중 누구도 그런 생각을 하지 못했습니다. 그런 문제를 이슈화한 사람은 생모리스에서 선생님이 처음입니다.

크노크 (유감을 표하는 갖은 동작을 해 보이며) 아니! 선생님이 직접 그렇게 말씀하시니 믿긴 하겠습니다만, 다른 사람에게서 그 말을 들었다면 도저히 믿지 못했을 겁니다.

침묵

베르나르 실망시켜드려 유감입니다만, 그런 류의 사안은 제가 나서서 결정할 일이 아니라는 건 인정하시겠지요? 설령 제가 그런 생각을 했다거나, 학교 일이 좀 더 여유롭다고 해도 말이지요.

크노크 물론입니다! 누군가 지시해주기를 기다려야 하는 입장이시라는 거.

베르나르 이제껏 지시받은 일은 매번 제가 수행해왔습니다.

크노크 예, 압니다, 선생님. 잘 압니다. (잠깐 침묵) 결국 불쌍한 건 주민들이지요. 위생적으로나 예방적인 차원에서나 완전히 무시돼버렸으니!

베르나르 맙소사!

크노크 물 한 모금에 얼마나 많은 박테리아가 있는 줄도 모르고 마실 겁니다.

베르나르 물론 그렇겠지요!

크노크 세균이 뭔지는 알고 있을까요?

베르나르 사실 그조차 의심스럽지요. 단어는 어디선가 들어본 사람도 무슨 모기 이름인가 할 터.

크노크 (일어서며) 끔찍합니다. 제 얘길 좀 들어보세요. 수년간 계속되어오던 방관을 우리 둘이서 일주일 만에 해결할 수는 없는 일이지요. 그래도 뭔가는 해야 하지 않겠습니까.

베르나르 저도 반대하지 않습니다. 하지만 제가 무슨 도움이 될지 모르겠군요.

크노크 선생님을 잘 알고 있는 사람이 그러더군요. 선생님에겐 심각한 단점이 있는데, 그게 바로 겸손이라고요. 선생님이 보유하고 있는 남다른 권한, 즉 도덕적인 권위와 개인적 영향력을 선생님만 모르고 계시는 듯합니다. 이렇게 말씀드려 죄송하지만, 이곳에서 실행되는 신중한 사안들을 선생님 없이는 진행할 수가 없지요.

베르나르 과장이 심하시군요.

크노크 물론 선생님 없이도 제가 환자들을 치료할 수는 있지요. 하지만 근본적으로 병을 퇴치하려면 도대체 누구의 도움을 받아야 한단 말입니까? 매분 매초 나약해져가고 있는 이 가여운 사람들을 도대체 누가 교육시킨단 말입니까? 의사는 죽어갈 때에서야 부르는 게 아니라는 걸 도대체 누가 가르친단 말입니까?

베르나르　그런 건 마구 무시해버리는 사람들이라. 제가 해낼 수 있는 일이 아닐 겁니다.

크노크　(더욱더 열정적으로) 처음부터 시작해봅시다. 제게 이미 많은 자료가 있습니다. 대중에게 널리 퍼트려야 하는 강연 주제들 말이지요. 명료하게 전달할 수 있도록 정리도 잘 되어 있습니다. 이제 선생님은 선생님 방식으로 그것들을 전달하시는 겁니다. 우선 조그마한 강연회부터 시작해보는 거지요. 그러니까 이미 정리된 글을 여유롭게 읽는 식으로 말이지요. 예를 들어 장티푸스에 대하여, 그게 전파되는 경로에 대하여, 즉 물, 빵, 우유, 조개, 야채, 샐러드, 먼지, 입김 등등 몇 주고 몇 달이고 그런 데 균이 잠적해 있다가 갑자기 죽음으로 이끌어가기도 한다는 것. 또한 그로 인해 유발되는 다른 문제들, 그러니까 딱 봐도 드러나는, 병균에 감염돼 퉁퉁 부은 모습, 감염된 사람이 보이는 전형적인 배변 상태, 감염으로 생기는 물혹들, 그러다 장까지 터질 수 있다는 것. 배설물을 묘사할 때는 단순히 검은색으로만 하지 말고 색깔들을 곁들여서 분홍색, 갈색, 노란색, 연두색 같은 걸로다가. (그러면서 자리에 앉는다)

베르나르 (아주 놀라는 기색으로) 와우. 제가 좀 열광적인 구석이 있어서 그 속에 빠졌다가는 헤어나질 못할 텐데.

크노크 예, 바로 그겁니다. 말하자면 우리가 청중에게 바라는 것이 바로 그들의 뼛속까지 스며드는 효과입니다. 선생님도 차츰 익숙해지실 겁니다. 사람들은 이제 쉽게 발 뻗고 잠들지 못할 겁니다! (베르나르에게로 몸을 기울이면서) 질병이라는 벼락을 맞고서야 깨어나는 식으로, 건강하겠거니 하면서 잠드는 것이야말로 그들의 과오거든요.

베르나르 (책상 위에 손을 얹고는 시선을 약간 돌려서 전율하며) 사실 저 자신도 그리 건강한 편은 아니랍니다. 그래서 부모님이 저를 키우실 때 꽤 힘드셨지요. 선생님이 언급하시는 그 일반적인 사안의 세균들이 모두 재생산될 수 있다는 걸 저도 익히 알고 있지요. 하지만……

크노크 (못 들은 척하며) 혹여 첫 강연으로 안 통하면 계속 하는 거지요. '보균자들'이라는 제목으로다가. 이미 나와 있는 실제 예들까지 곁들여가면서 명명백백하게 보여주는 거지요. 왕성한 입맛, 통통한 살집이 겉으로는 지극히 멀쩡해 보여도 몸 은밀한 구석에 한 마을을 감염시킬 수도 있는 수백만의 박테리아가 잠재하고 있다는 사실을. (일어서면서) 저는 이론도 경험도 풍부해서 첫 보균자를 의심해볼 권리는 충분히 있으니. 예를 들어, 그래요, 선생님! 선생님도 예외라고는 아무도 단언하지 못하지요.

베르나르 (일어서면서) 저 말씀입니까! 의사 선생님……

크노크 두 번째 강연까지 듣고 나서도 가볍게 웃어넘길 사람이 과연 있을지 궁금하군요.

베르나르 의사 선생님, 제가 보균자라고 생각하십니까?

크노크 선생님이 꼭 그렇다는 게 아니라, 그냥 예를 들면 그렇다는 거지요. 무스케 씨의 목소리가 들리는 군요. 베르나르 선생님, 감사드립니다. 틀림없이 도와주실 거라고 믿습니다. 그럼 이만.

3장

크노크, 약사 무스케

크노크 앉으시지요, 무스케 약사님. 어제는 약사님의
약국 내부를 둘러볼 시간조차 없었습니다. 하지만
구석구석 잘 정리돼 있고, 신식일 거라는 데는 의심
의 여지가 없습니다.

무스케 (대충 걸친 매우 간편한 복장으로 나타나서는)
아주 관대하시군요!

크노크 제겐 아주 중요한 사안이지요. 게다가 저명한
약사 없이 일하는 의사는 무기 없이 전쟁터에 나가
는 것과 같으니까요.

무스케 제 직업의 중요성을 알아주시는 분을 뵙게 되
니 반갑기 그지없습니다.

크노크 그 정도 규모 약국이라면 일 년에 2만5천은 족

히 될 법한데.

무스케 수익 말입니까? 맙소사! 그 반이라도 됐으면 좋겠습니다만.

크노크 무스케 약사님, 바로 앞에 있는 이 사람은 세금 조사원이 아니고 지인, 아니 동료랍니다.

무스케 의사 선생님, 선생님을 못 믿어서 하는 말이 아닙니다. 사실을 있는 그대로 말씀드리는 겁니다. (잠시 침묵하고 나서) 만 정도라도 되면 여한이 없겠습니다.

크노크 말도 안 됩니다! (무스케는 애석하다는 듯 어깨를 으쓱거린다) 2만5천도 최소라고 여기며 언급한 건데, 더욱이 경쟁자도 없지 않습니까?

무스케 없지요. 몇십 리 반경 안에는 하나도.

크노크 그렇다면 도대체 뭐가 문제지요?

무스케 모르겠습니다. 저로선.

크노크 (목소리를 낮추며) 이전에 혹시 무슨 안 좋은 일이라도? 잠시 방심하다가 처방을 잘못 내렸다거나…… 그러니까 서두르다가 얼떨결에…….

무스케 이제껏 아무런 약사고도 없었습니다. 맹세합니다. 20년 동안.

크노크 그렇다면, 그렇다면 말이지요. 제가 조심스럽게 넘겨 짚어보겠습니다. 그러니까 제 전임자께서 자신의 직무 외 부분까지 담당했나요?

무스케 그건 관점 나름이지요.

크노크 다시 말씀드리지만 이 자리에는 우리 둘뿐입니다.

무스케 파르팔레 선생님은 훌륭한 분이시지요. 저와 사적인 관계는 아주 돈독했습니다.

크노크 정말 그랬다면 처방전을 잔뜩 써주시지 않았을까요?

무스케 그도 그렇군요.

크노크 이제껏 모은 정보들을 종합해보자니 파르팔레 선생이 의학을 정말 신뢰했는지 되묻게 되는군요.

무스케 저도 처음엔 정말 진지하게 제 일을 했었지요. 그러니까 제게 불평을 해대는 사람들, 그리고 증상이 좀 심해 보여서 제가 손쓸 수 없는 사람들은 되돌려 보냈습니다. 그런데 그 이후 그냥 발을 끊어버리더군요.

크노크 말씀을 듣고 있는 제가 다 힘들어지는군요. 무스케 약사님, 우리는 자타가 공인하는 가장 훌륭한 직종에 종사하는 사람들입니다. 그런데도 불구하고 우리를 앞서간 사람들이 우리에게 전가해준 번영과 힘을 조금씩 무너뜨리고 있다면 그건 오히려 부끄러운 일이 아니겠습니까? 거의 태업이나 다름없지 않나 싶은데요.

무스케 예, 그 말이 맞습니다. 돈도 돈이지만, 이건 놋그릇 만드는 장인이나 식료품 장수보다도 못하니원. 놋그릇 장수 마누라가 일요일 미사 때면 입고 오는 비단 속옷과 모자를 제 마누라는 엄두조차 못 내는 실정이라는 걸 아십니까.

크노크 그만하세요. 듣고 있는 제가 다 불편합니다. 그건 마치 국회의원 마누라가 빵을 구하기 위해 빵집 마누라의 속옷을 빤다는 얘기와 다를 바 없잖습니까.

무스케 아내가 이 자리에 있기라도 했다면, 그대로 가슴에 와닿을 말이네요.

크노크 이런 지역에서 약사님과 제가 각자의 임무를 수행하는 데 어떠한 장애도 있어서는 안 되지요.

무스케 맞습니다.

크노크 원칙적으로 말하자면 이 지역 모든 주민이 우리의 손님이 되어야 하는 건 당연한 이치 아니겠습니까.

무스케 주민들 모두는 좀⋯⋯.

크노크 천만의 말씀입니다. 모두입니다.

무스케 하긴 경우에 따라서 평생 한 번쯤은 손님이 되기는 하겠지요.

크노크 경우에 따라서라니요? 그렇지 않습니다. 자주 들르는 손님이 충직한 고객이지요.

무스케 그래도 아파야만 오는데!

크노크 아파야만? 현대과학의 자료에 따르면 이젠 그런 건 먹혀들지도 않는 구식 사고방식일 뿐입니다. 건강은 단지 하나의 단어일 뿐이라 사전에서 없애버려도 아무런 문제가 없답니다. 제가 보기에 사람들은 너나 할 것 없이 어느 정도는 아프고, 그중 적지 않은 사람들의 병이 빠르게 진전되고 있는 상황입니다. 물론 그 사람들에게 건강하다고 말해주면 좋아하겠지요. 하지만 그건 그들을 속이는 거지요.

우리에게 변명이 될 수 있는 유일한 상황은 다름 아니라, 다룰 환자들이 너무 많아서 새로운 환자를 받기 힘들게 되는 상황뿐이랍니다.

무스케 여하튼 아주 그럴싸한 이론이군요.

크노크 아주 심오하면서도 현대적인 이론이지요. 약사님, 우리나라의 힘을 기르기 위해서도 우리 민족이 무장해야 한다는, 우리 동포가 품었던 생각에 대해 한번 심사숙고해보시길 바랍니다.

무스케 크노크 선생님은 사상가시군요. 세계를 이끌어가는 사상을 물질주의자들이 아무리 반대해 봐야 소용없겠지요.

크노크 제 얘길 들어보세요. (두 사람이 함께 일어서고, 크노크가 무스케의 두 손을 덥석 잡는다) 어쩌면 제가 좀 과도한지도 모르겠고, 또 어쩌면 쏩쏠한 고배의 잔을 들이켜야 할지도 모르겠습니다. 하지만 이렇게 일 년이 지나고 나서도 약사님이 당연히 벌어야 할 2만5천을 벌지 못하고, 부인이 자신의 격식에 맞게 당연히 갖추어야 할 드레스나 모자, 비단 속옷들을 마련하게 되지 못한다면, 그땐 서슴지 말고 여기로 오세요. 와서 제 뺨을 내리쳐도 좋습니다.

무스케 아이고, 선생님. 제가 그러면 파렴치한 놈이겠
지요. 극진히 인사를 드려도 모자랄 판인데. 힘닿는
데까지 도와드리겠습니다.

크노크 좋습니다. 제가 약사님을 믿듯이 약사님도 저
를 믿어주세요.

4장

크노크, 검은색 복장의 여인

고집 세 보이는 45세의 전형적인 여자 농부

크노크 아! 드디어 사람들이 진료를 받으러 왔군! (무대 한구석에서) 벌써 열두어 명이나? (마리에트에게) 11시 반 이후에는 환자를 받지 않는다고 사람들에게 알리세요. 그러니까 무료진료 얘깁니다. 아! 부인이 첫 번째시군요. (검은색 복장의 여인을 진료실 안으로 들어오게 하면서 문을 닫는다) 이 지역 분 맞으시지요?

검은색 복장의 여인 맞는데유.

크노크 생모리스에 거주하시나요?

여인 뤼셰르 쪽 길 위편에 있는 큰 농장에 삽니다요.

크노크 농장주이신가요?

여인 예. 남편과 제 것이지유.

크노크 직접 나서서 농장 일까지 하시면 일이 아주 많으시겠군요.

여인 제 말 좀 들어보세요, 선생님. 젖소 열여덟 마리, 소 두 마리, 뿔소 두 마리, 망아지와 암말 제각기 두 마리씩, 돼지 열두어 마리, 그 외 닭을 비롯한 다양한 가금류 등.

크노크 맙소사! 부리는 사람은 없나요?

여인 있지유. 집안일하는 사람 셋, 부엌일하는 여자 한 명, 그 외 바쁠 땐 따로 사람들을 쓰기도 하지유.

크노크 그러니 부인 자신을 돌볼 시간이 없겠군요?

여인 당연히 없지유!

크노크 이렇게 상태가 안 좋으신데도요.

여인 상태가 안 좋다기보다는 좀 피곤하다는 말이 맞아유.

크노크 아, 자신의 상태를 피로로 보시는군요. (여인에게로 다가가며) 혀를 내밀어보세요. 입맛이 특별히 없으시겠네요.

여인 예.

크노크 변비시지요.

여인 예.

크노크 (청진기로 여인을 진찰해보면서) 머리를 숙여보세요. 숨을 들이쉬세요. 기침을 해보세요. 어릴 때 사다리에서 떨어진 적 없습니까?

여인 그런 기억 없는데…….

크노크 (손으로 짚어보고, 등을 두드려보고, 갑자기 신장 쪽을 눌러보기도 하면서) 곰곰이 생각해보세요. 꽤 높은 사다리였을 겁니다.

여인 어쩌면 그랬을 수도.

크노크 (단호한 어조로) 길이가 3미터 50 정도는 족히 되고 벽에 기대 세워놓고 올라가는 식으로 된 거 말입니다. 모르긴 해도 부인은 거기서 거꾸로 떨어졌을 겁니다. 왼쪽 엉덩이 쪽으로 떨어져서 그나마 다행이었네요.

여인 아, 그렇습니까요!

크노크 파르팔레 선생한테 진찰받아본 적 있나요?

여인 아뇨. 한 번도.

크노크 왜지요?

여인 공짜 진료를 안 했으니까요.

침묵이 흐른다.

크노크 (여인을 바로 앉게 하면서) 지금 상태가 어떤 줄
아시긴 하세요?

여인 몰러유.

크노크 (여인의 맞은편에 앉으면서) 모르는 게 차라리
맘 편하겠습니다. 낫고 싶으신가요? 그냥 이대로
방치하고 싶으신가요?

여인 그야 저도 당연히 낫고 싶지유.

크노크 기한도 오래 걸리고 비용도 꽤 든다는 걸 미리
말씀드리는 바입니다.

여인 아이고 맙소사! 왜 그런데요?

크노크 그야 40여 년 동안 방치해둔 병을 5분 만에 고
칠 수 있는 게 아니니 그렇지요.

여인 40년이나 됐다고요?

크노크 예, 사다리에서 떨어졌던 바로 그때부터지요.

부인 그러면 도대체 치료 비용이 얼마나 든다는 거예유?

크노크 요새 송아지 시세가 어떻지요?

여인 시장과 중개인에 따라 다르지만, 그렇다 해도 4, 5백 이하로는 떨어지지 않지유.

크노크 그러면 빛깔 좋은 돼지는요?

여인 천 프랑 넘는 것도 있어요.

크노크 그렇다면, 돼지 두 마리와 송아지 두 마리 들겠네요.

여인 그렇다면 거의 3천 프랑이나? 하느님 맙소사, 이게 무슨 날벼락이랍니까.

크노크 치료를 받는 대신 성지순례로 대신하고 싶으시다면 말리지 않겠습니다.

여인 아! 성지순례에 드는 비용도 만만치 않지유. 더욱이 매번 효과가 있는 것도 아니고. (잠시 침묵) 도대체 무슨 병인데 그 정도랍니까?

크노크 (아주 정중하게) 자, 제가 여기 칠판에다 그림으로 일 분 만에 설명해드리겠습니다. (칠판 쪽으로 다가가서 그림을 그린다) 자, 이게 부인의 척수입니다.

이렇게 단면도로 그리면 이해되시지요? 여기가 흉추골, 그리고 이곳이 경추골. 잘 보고 계시지요? 그러니까 옛날에 사다리에서 떨어질 때 거꾸로 떨어지는 바람에 흉추골이 반대 방향인 상태로 미끄러진 거지요. (그 방향을 화살표로 그려 보인다) 소수점 이하 밀리미터니 별거 아니라고 하실지도 모르겠네요. 물론 대단한 숫자는 아니지요. 그런데 문제는 잘못 연결이 되었다는 겁니다. 그래서 사방팔방으로 계속 욱신거리는 거고요.

크노크가 분필이 묻은 손가락을 닦는다.

여인 아이고 맙소사. 이걸 어쩐데유!

크노크 그렇다고 갑자기 돌아가신다는 얘기는 아닙니다. 아직 시간이 있습니다.

여인 어쩌다가. 내가 어쩌다가 그 망할 놈의 사다리에서 떨어져 가지고!

크노크 하긴 그냥 이대로 놔두는 게 어쩌면 낫지 않을까 싶은 생각도 드네요. 돈 벌기가 어디 쉬운가요.

나이 들면서는 예전보다 넉넉하다고 해도, 쓰지 않고 아끼며 돈 세어보는 맛도 짭짤하고!

여인 그런 말씀 마시고 좀 싼 가격으로 치료해주실 마음은 없으신가유? 물론 치료를 잘해주신다는 조건으로다가.

크노크 지금으로서 제안할 수 있는 것은 일단 상태를 지켜보자는 겁니다. 지켜보는 데 돈 드는 것도 아니니. 그렇게 며칠 지내다 보면 부인 스스로 자신의 상태를 감지하게 될 거고, 이후 어떻게 해야 할지 결정도 하시게 될 겁니다.

여인 예. 그렇게 하지요.

크노크 자, 이제 귀가하시지요. 차로 오셨나요?

여인 아니요. 걸어서.

크노크 (책상에서 처방전을 쓰며) 차가 있어야 할 겁니다. 귀가하면 바로 잠자리로 직행하시고요. 되도록이면 혼자 있을 수 있는 방으로다가. 햇빛을 가릴 수 있도록 커튼과 덧창문을 닫으시고요. 사람들에게 말도 걸지 말라고 하고. 일주일 동안은 고형음식을 섭취하지 마시고. 두 시간마다 물, 그러니까

비쉬 미네랄 물을 드시도록 하세요. 굳이 꼭 드시고 싶으면 아침저녁으로 비스킷 반 개 정도를 우유에 적셔서 드세요. 하지만 가능하면 비스킷도 안 드시는 게 낫습니다. 이런 제 처방이 비싸다고는 말씀 못 하시겠지요. 여하튼 일주일 후 상태를 다시 보기로 하지요. 그때도 정정하시고 몸이 가벼우면 그리 대수로운 게 아니라고 제가 기꺼이 안심시켜드리지요. 그런데 그 반대로 머리가 무겁고 전반적으로 힘이 빠지고 의욕이 없다고 느껴지면 더 이상 망설일 상태가 아니라는 의미니, 그때는 치료를 시작해야 하는 겁니다. 됐습니까?

여인 (한숨을 쉬면서) 그렇게 하지유.

크노크 (처방전을 가리키면서) 유의사항들을 이 종이에 적었습니다. 그리고 제가 조만간에 찾아뵙겠습니다. (처방전을 건네주고는 무대 구석으로 부인을 이끈다) 마리에트! 부인이 계단을 내려가시도록 부축해드리고, 편하게 귀가하시도록 차도 한 대 불러드리세요.

검은색 복장의 여인이 사라지는 한편으로 진료받으러 온 사람들이 보이는데 그들의 얼굴에 전율과 존경심이 어려 있다.

5장

크노크, 보라색 복장의 여인

골고루 보랏빛을 띄는 옷을 입고, 일종의 등산용 지팡이를 귀족스럽게 누르고 서 있는 자태의 60세 여인.

보라색 복장의 여인 (도도하게) 이 시간에 제가 여기 나타나서 놀라셨겠습니다. 의사 선생님.

크노크 예, 부인. 조금 놀랍네요.

여인 랑푸마스 가문 출신이고, 퐁스 가로 출가한 마님이 무료진료를 받으러 왔으니, 놀랄 만도 하지요.

크노크 제겐 오히려 송구스러울 따름이지요.

여인 바로 요즘 사태가 엉망이라는 증거가 아니겠습니까. 돼지 장수들이나 무식쟁이들은 멋진 차를 몰고 다니며 여배우들과 샴페인을 터트리는데, 그 뿌리가 13세기까지로 거슬러 올라가는 랑푸마스 가문, 이전에는 이 지역의 절반을 소유하며 상류층 부르주아들과 귀족들만 상대하던 가문이 이젠 생모리스의 가난뱅이들과 나란히 줄을 서야 하는 신세니 원. 의사 선생님, 이런 구경거리가 또 있겠습니까.

크노크 (부인을 앉게 하며) 그도 그렇군요.

여인 든든하던 예전의 수입이나 재산이 그대로 남아 있다고는 말 못 하지요. 삼촌이 돌아가시기 전만 해도 가문의 전통에 따라 말 네 마리가 들어찬 마구간과 여섯 명의 하인까지 거느린 집이 있었는데 말입니다. 작년에는 외할머니에게서 물려받은 160헥타르의 토지, 미슈이도 팔아야 했답니다. '미슈이'라는 이름은 그리스 라틴어에서 온 거라고 신부님께서 그러더군요. 그러니까 원래 미코디움mycodium에서 변천된 것으로 그 뜻은 '버섯에 대한 혐오'라는데, 그래서인지 그 토지에는 버섯이 하나도 안 자란답니다. 마치 버섯이 그곳을 혐오하기라도 하는 듯이 말이지요. 어쨌든 매번 재정비에, 또 세금에 시달리다 보니 들어오는 돈도 몇 푼 되지 않았답니다.

게다가 남편이 작고하고 나서는 그 상황을 이용해 토지세를 깎아달라고 하지 않나, 제때 내지도 않아서 정말 지긋지긋해졌답니다. 그러니 그 토지를 처분해버린 것이 오히려 잘한 일 아니겠습니까, 의사 선생님?

크노크 (완전히 몰입하던 태도를 풀면서) 그렇네요. 특히나 버섯을 좋아하신다면 더욱이⋯⋯ 또한 한밑천 따로 잘 챙겨두었다면 말이지요.

여인 어머나! 선생님이 방금 제 깊은 상처를 건드리셨습니다! 한밑천 잘 챙겨두었는지 밤낮으로 되뇌어보지만, 의심스럽기 그지없습니다. 최고라고 명성이 나 있는 법인까지 써가며 그의 조언을 따르긴 했지만, 그의 아내가 소지하고 있는 소탁자보다도 못해 보인단 말이지요. 아세요? 그 부인 소개로 제가 석탄 주식을 꽤 사게 되었거든요. 석탄에 대해 어떻게 생각하시는지요?

크노크 일반적으로는 대단한 가치가 있지요. 오를 땐 상당히 오르고, 이유 없이 하락하기도 해서 좀 오락가락하기는 하지만요.

여인 아이고 맙소사! 간이 철렁했네요. 한창 올랐을 때 산 것 같아서요. 제가 5만 프랑어치를 보유하고 있답니다. 큰 재산도 없으면서 그렇게 큰돈을 석탄에 투자했으니 제가 미쳤지요.

크노크 사실 그런 투자는 전체 자산의 10퍼센트를 넘어선 안 될 것 같습니다.

여인 네? 10퍼센트요? 그렇다면 그렇게 미친 짓은 아니었군요.

크노크 물론입니다.

여인 덕분에 안심이 되는군요. 안 그래도 제게 필요했던 게 안정인데. 얼마 남지 않은 돈을 관리하는 데도 어찌나 골치가 아픈지 원. 어떨 땐 차라리 더 큰 고민이 생겨서 이런 건 아예 하찮아졌으면 싶을 때도 있을 정도랍니다. 의사 선생님, 인간의 본성이란 참 보잘것없는 것 같아요. 더 힘든 일이 생겨야 이런 일이 별것 아니게 되니 말입니다. 뭐 그러는 동안 잠시 유예기간을 갖는 것도 나쁘지 않겠죠. 하루 종일 세입자들이나 소작인들, 내 직함 같은 것만 생각하며 지내고 싶진 않거든요. 그렇다고 이 나이에 사랑 타령이나 하고 있을 수도 없고. 아아, 뭐 세계 일주를 떠날 수도 없고. 이쯤 되면 제가 왜 줄까지 서가면서 무료진료를 받으러 왔는지 선생님이 의아해하시겠지요?

크노크 그 이유가 무엇이든, 뭔가 굉장한 사연이 있을 듯하군요.

여인 그 이유는 바로, 모범을 보여주기 위해서랍니다. 선생님이 아주 점잖고도 멋진 착안을 하신 것 같아서요. 그런데도 제가 익히 알고 있는 주민들은 그러거나 말거나 진료받으러 가지 않을 거라고 생각했지요. 그래서 선생님의 관대한 처사를 무시해버릴 것이라고요. 그런데 랑푸마스 가문의 출신이자 퐁스 집안의 마나님이 무료진료를 받으러 온 걸 보면 그들도 서슴지 않고 올 거라고요. 사람들은 제 하찮은 거동 하나하나도 그냥 예사롭게 보지 않거든요. 뭐 당연한 얘기지만 말이지요.

크노크 아주 고귀한 착안을 하셨군요. 진심으로 감사드립니다.

여인 (떠나려는 듯 자리에서 일어서며) 이렇게라도 인사를 나누게 되어 반가웠습니다. 오후 시간 내내 저는 집에 있답니다. 집에 들르는 몇 사람들과 살롱을 열곤 하지요. 제가 조상에게서 물려받은 루이 15세 때의 오래된 찻잔 주위로 모이는 거지요. 거기에 언제든 선생님을 위한 찻잔 하나쯤은 마련해놓겠습니다. (크노크가 머리를 숙여 인사하고 부인은 문 쪽으로 향한다) 사실 세입자들과 제 직함 때문에 얼마나 피로한지 모른답니다. 밤에 잠도 못 잘 만큼. 굉장히 피곤하답니다. 잠들 수 있게 하는 묘약을 혹시 모르시나요?

크노크 불면증이 오래되셨나요?

여인 예. 아주아주 오래되었답니다.

크노크 파르팔레 선생과 의논해본 적 없으신가요?

여인 안 그래도 여러 번 했지요.

크노크 그랬더니 뭐라고 하시던가요?

여인 '시민법'을 매일 밤 3쪽씩 읽으라고 하시더군요. 농담이었겠지요. 파르팔레 선생님은 심각하게 여기지 않으셨거든요.

크노크 오진이었을 수도 있습니다. 특별히 심각한 불면증도 있거든요.

여인 정말인가요?

크노크 불면증은 뇌 안의 혈액 순환, 특별히 파이프관
이라고 불리는 혈관의 흐름이 안 좋을 때 생겨나기
도 한답니다. 어쩌면 부인의 경우도 파이프관에서
생겨난 증세일 수 있거든요.

여인 하느님 맙소사! 담배가 원인이 될 수도 있을까
요, 선생님? 좀 피운 적이 있거든요.

크노크 검사해봐야 알 수 있습니다. 불면증은 또 신경
아교세포에 의해서 생겨나는 회색 액체의 깊숙하고
도 계속적인 공격으로 일어날 수 있습니다.

여인 그건 너무 끔찍한데요. 선생님, 좀 더 자세히 설
명해주세요.

크노크 (아주 덤덤하게) 말하자면 게, 문어, 아니 거대
한 거미가 천천히 뇌를 갉아먹고 있다고 보시면 됩
니다.

여인 아! (안락의자에 푹석 주저앉으며) 기절초풍할 노
릇이란 게 바로 이런 거군요. 바로 그게 제 문제일
거예요. 그렇게 느껴져요. 아이고! 의사 선생님! 차

라리 저를 지금 이 자리에서 바로 죽여주세요. 주사한 대로, 한 방에! 저를 이대로 방치하지 마시고요. 끔찍한 이야기의 절정에 달해 있는 기분입니다. (침묵) 틀림없이 불치병이겠지요? 게다가 치명적인?

크노크 그렇지 않습니다.

여인 그렇다면 치유할 수 있다는 얘긴가요?

크노크 예, 오랜 시간에 걸쳐서.

여인 저를 속이지는 마세요, 의사 선생님. 저는 진실을 알고 싶습니다.

크노크 처방을 얼마나 규칙적으로 하느냐, 얼마 동안 하느냐에 달렸습니다.

여인 그런데 도대체 뭘 치료해야 하는 겁니까? 파이프 관에 있는 거? 아니면 거미? 제게 와닿는 느낌으로 보면 거미인 것 같은데…….

크노크 두 경우 모두 치료할 수 있지요. 만일 부인이 그냥 예사로운 환자, 그러니까 최신의학으로 치료받을 시간도, 경제적 여유도 없는 분이었다면 감히 이런 희망을 드리지 않았을 겁니다. 하지만 부인은 다르지요.

여인 (일어서며) 아! 선생님, 말 잘 듣는 강아지처럼 하라는 대로 하는 아주 순종적인 환자가 될게요. 어디든 가라는 대로 갈게요. 너무 고통스럽지만 않다면.

크노크 방사선치료라 전혀 고통스럽지 않습니다. 단한 가지 어려움이 있다면 앞으로 2, 3년 정도 참을성 있게 꾸준히 치료를 받아야 한다는 거지요. 그리고 또 치료하는 과정에서 끊임없이 이어지는 관찰을 고스란히 담당 의사에게 전담시켜야 합니다. 방사능의 분량 계산, 그리고 거의 매일 이루어질 진료상담.

여인 인내심이라면 또 제가 결코 부족하지 않지요. 얼마든지 견딜 수 있어요. 전적으로 선생님께 맡기겠습니다. 절 이대로 포기하지는 않으시겠죠?

크노크 포기하다니요! 저야 당연히 전담 치료를 해드리고 싶죠. 그러나 이건 원한다고 되는 문제가 아니라, 할 수 있느냐 없느냐의 문제랍니다. 댁은 여기서 멉니까?

여인 아닙니다. 여기서 얼마 안 걸려요. 관공서 바로 앞이랍니다.

크노크 매일 오전에 제가 댁으로 들르겠습니다. 일요일은 빼고. 또한 월요일도 이 무료진료 때문에 안 되고요.

여인 그런데 그렇게 이틀 동안이나 연달아서 진료를 안 받아도 될까요? 그러니까 토요일 아침에 받고 나면 그다음은 화요일 아침이 되는 거니.

크노크 제가 상세한 지침을 남겨놓겠습니다. 어떻게 잠시라도 시간이 나면 일요일 아침이나 월요일 오후에 들르도록 할 테고요.

여인 아 다행입니다. 다행이에요. (일어서며) 당장 제가 해야 될 게 뭐지요?

크노크 귀가하셔서 방에 계십시오. 내일 아침 제가 들러서 좀 더 상세히 검진해보도록 하겠습니다.

여인 오늘은 당장 먹을 약도 없는데요?

크노크 (일어서서) 음, 그렇다면 (처방전을 휘갈겨 쓰며) 이걸 약국에 가서 무스케 씨에게 보여주세요. 무스케 씨에게 제가 처음 보내는 처방전이랍니다.

6장

크노크, 마을 사내 두 명

크노크 (무대 구석 쪽을 향해) 아니! 마리에트, 이 사람
들 다 뭐지요? (시계를 바라본다) 무료진료는 11시
반에 끝난다고 알렸겠지요?

마리에트의 목소리 네. 말했는데도 저렇게 막무가내로
계속 기다리고들 있습니다.

크노크 누구 차례지요? (두 명의 사내가 앞으로 나선다.
둘은 나란히 선 채 웃음을 참고 팔꿈치로 서로를 밀치
면서 윙크를 하다가 갑자기 큰 소리로 웃는다. 그들 뒤
로 수많은 사람들이 그런 두 사내를 재밌다는 듯 쳐다
보면서 분위기가 좀 어수선해진다. 크노크는 거기에
휩쓸리지 않고 짐짓 모르는 척한다) 두 사람 중 누가
먼저요?

사내 1 (옆을 바라보며 웃음을 멈추고는 약간 의아한 태
  도로) 히히히! 우리 둘 답니다. 히히히!

크노크 설마 둘이 함께 진료를 받으려는 건 아니겠죠?

사내 1 맞아요. 히히! 맞아요. (무대 구석에서 웃음소리
  가 들린다)

크노크 두 분을 동시에 진료할 수는 없으니, 선택하십
  시오. 근데 아까 못 본 분들인 것 같은데, 두 분 앞
  에 다른 사람들이 있었던 것 같은데.

사내 1 우리에게 자리를 양보했습니다요. 물어보세요.
  히히! (웃음소리와 수군거리는 소리)

사내 2 (과감하게) 우리 둘은 항상 함께입니다. 단짝이
  지요. 히히히! (무대 구석에서 웃음소리)

크노크 (입술을 깨물며 냉정한 어투로) 들어오세요들.
  (진료실 문을 닫고는 첫 번째 남자에게) 옷 벗어요!
  (두 번째 남자에게는 의자를 가리켜 보인다) 거기 앉
  으세요! (두 사람은 여전히 서로 사인을 보내고 키득
  거리는데 아까보다 좀 억지스럽다)

사내 1 (셔츠와 바지만 입고 있다) 벌거벗으라는 말인가
  요?

크노크 셔츠 벗으세요. (남자가 내의 차림으로 나타난다) 예, 됐습니다. (크노크는 남자 옆으로 다가가 그 주위를 뱅뱅 돌더니 몸 여기저기를 눌러도 보고 두드려보기도 하며 진찰을 한 뒤 피부를 당겨보기도 하고 눈꺼풀을 뒤집어보기도 하고 입술을 말아 올려보기도 한다. 그러곤 후두경을 천천히 머리에 쓰고, 남자의 얼굴로 바짝 다가가 갑작스럽게 남자의 눈동자며 목 안으로 조명을 들이댄다. 두 번째 남자가 얌전해지는 것을 보고 크노크가 그에게 긴 안락의자를 권한다) 거기에 편하게 앉으세요. 무릎을 쭉 펴시고요. (크노크는 첫 번째 남자의 배를 주시하다가 청진기를 갖다 댄다) 자, 이젠 팔을 내밀어보시오. (맥박을 짚어보고는 혈압을 잰다) 됐습니다. 옷을 입으세요. (남자가 조용히 옷을 입는다) 아버님은 아직 살아 계신가요?

사내 1 아뇨. 돌아가셨습니다요.

크노크 갑작스러운 죽음이었지요?

사내 1 예.

크노크 그리 연로하시지 않았을 거 같은데.

사내 1 예. 마흔아홉에.

크노크   저런, 마흔아홉이라니! (긴 침묵이 흐른다. 두
　　　남자는 이제 웃을 기분이 아니다. 크노크는 구석으로
　　　가 가구 뒤쪽과 벽 사이 모퉁이에서 뭔가를 찾더니 커
　　　다란 마분지 하나를 들고 온다. 거기에는 그림이 그려
　　　져 있었는데, 상태가 꽤 진전된 알코올 중독자들의 신
　　　체 내부와 보통 사람의 신체 내부를 비교한 그림이다.
　　　크노크가 정중한 태도로 첫 번째 남자에게 말한다) 선
　　　생의 신체 내부가 어떤 상태인지 보여드리겠소이
　　　다. 자, 이게 보통 사람의 신장이오. 그리고 이쪽이
　　　선생의 신장 상태고. (잠깐 잠잠히 있다가) 이게 선
　　　생의 간과 심장인데, 심장은 여기 이 그림보다 더
　　　심각한 상태라오.

크노크가 그림들을 제자리에 갖다 놓는다.

사내 1   (머뭇거리며 매우 소심하게) 술을 그만 마셔야
　　　할까요?
크노크   원하는 대로 하시지요.

침묵이 흐른다.

사내 1 치료 방법이 있습니까?

크노크 치료해 봐야 소용도 없답니다. 자, 이제 다음 분!

사내 1 의사 양반, 원하시면 유료진료를 받으러 오겠습니다요.

크노크 그럴 필요도 없답니다.

사내 2 (기어들어가는 목소리로) 전 멀쩡합니다요, 의사 선생님.

크노크 그걸 어떻게 아시오?

사내 2 (떨면서 뒷걸음질한다) 전 튼튼합니다요.

크노크 그러면 왜 여기 오신 거지요?

사내 2 (여전히 뒷걸음질하며) 이 친구 따라서.

크노크 혼자서는 못 올 나이던가요? 자! 옷을 벗으시지요.

사내 2 (문 쪽으로 가면서) 아, 아닙니다. 아닙니다요. 오늘 말고 다음번에 다시 오겠습니다요.

침묵이 흐르고, 크노크가 문을 연다. 아까까지만 해도 웃던 사람들이 웅성거리기 시작한다. 크노크는 문을 열어둔 채 두 사내가 지나가게 한다. 잔뜩 겁을 먹은 상태로 지나가는 두 사내의 모습을 보고서 사람들이 갑자기 조용해진다. 마치 장례식에라도 온 듯이.

막이 내린다

클레 호텔의 중앙 홀. 생모리스에서 대표적 장소인

그곳이 호텔식 의료원으로 사용되고 있는 게 보인다.

알코올 제조 회사들의 달력이 여기저기 남아 있긴 하지만

흰색의 금속, 페인트, 소독된 천들이 보인다.

3막

1장

레미 부인, 시피옹

레미 부인 시피옹, 차가 도착했나요?

시피옹 네, 마님.

레미 부인 눈 때문에 길이 막혔다고 하던데.

시피옹 후! 15분 늦었군요.

레미 부인 이 가방들은 누구 거지요?

시피옹 리브롱에서 진료받으러 온 어떤 부인의 것입니다.

레미 부인 오늘 저녁에 도착하기로 한 거 아니었나요?

시피옹 오늘 저녁에 오시는 분은 생마르셀랭에서 오는 거고요.

레미 부인 그러면 이 가방은요?

시피옹 그건 라바숄 씨 겁니다.

레미 부인 뭐라고요! 파르팔레 씨가 오셨어요?

시피옹 네, 마님의 저쪽 뒤에 계시네요.

레미 부인 아니, 뭐하러 오신 거지? 설마 여기로 다시 오시려는 건 아니겠죠?

시피옹 진료받으러 오셨을 수도.

레미 부인 빈방은 9호실하고 14호실뿐인데. 9호실은 생마르셀랭 부인, 14호실은 리브롱 부인이 입실할 거고. 남은 방이 없다고 라바숄 씨에게 왜 말하지 않았어요?

시피옹 14호실이 남아 있는 상태였고, 그 방을 리브롱에서 오시는 부인과 라바숄 씨 둘 중 누구에게 줘야 하는지에 대해선 지시받은 바가 없어서.

레미 부인 거참. 곤란하게 돼버렸네.

시피옹 마님이 알아서 하세요. 저는 환자들을 관리해야 하니까요.

레미 부인 아니에요, 시피옹. 기다렸다가 파르팔레 씨가 도착하면 직접 설명해주세요. 남은 방이 없다고. 내가 직접 나서서 말하기는 좀 그러니까.

시피옹 주인마님. 죄송하지만 저는 빨리 옷을 갈아입

어야 합니다. 크노크 의사 선생님이 곧 도착하실 테니. 5호실과 8호실 환자 소변 받아야 하고, 2호실 환자의 침도 받고, 1호, 3호, 4호, 12, 17, 18호실, 그리고 그 외 다른 방 환자들의 체온도 재야 합니다. 일을 끝내놓지 않았다고 꾸지람 듣고 싶지 않습니다요.

레미 부인 그렇다고 이 가방들을 이대로 그냥 둘 건가요?

시피옹 하녀는 뭐한답니까요? 앉아서 놀고만 있답니까?

시피옹이 무대에서 사라진다. 파르팔레가 나타나는 것을 보고 레미 부인도 무대에서 사라진다.

2장

파르팔레 혼자, 이어서 하녀 등장

닥터 파르팔레 아니, 아무도 없나? 레미 부인!…… 시피옹!…… 어라, 내 가방도 여태 여기 그대로 있고. 시피옹!……

하녀 (간호사복 차림으로) 무슨 일로?

닥터 주인을 만나고 싶소이다.

하녀 무슨 연유로?

닥터 내 방이 어딘지 알고 싶어서요.

하녀 저는 모릅니다. 예약된 환자이신가요?

닥터 아가씨, 나는 환자가 아니라 의사요.

하녀 아! 의사 선생님을 도우러 오셨나 보군요. 안 그래도 손이 달리는 판국이니.

닥터 아가씨, 나를 몰라보겠소?

하녀 네, 모르겠는데요.

닥터 닥터 파르팔레요. 3개월 전에 이곳 생모리스의
의사였던……. 아가씨는 이 지역 사람이 아닌가 보
군요.

하녀 맞는데요. 그나저나 크노크 의사 선생님 이전에
다른 의사 선생님이 있었다는 말은 금시초문인데
요. (침묵) 선생님, 잠깐만요. 부인이 곧 오실 거예
요. 저는 베개 홑청을 소독해야 해서 이만.

닥터 호텔 모양이 아주 요상해져버렸네그려.

3장

파르팔레, 그리고 레미 부인

레미 부인 (좀 떨어진 곳에서 파르팔레 쪽을 흘끔거리며) 아직도 계시네! (결심한다) 안녕하세요? 파르팔레 씨. 설마 우리 호텔에 묵으러 오신 건 아니겠지요?

닥터 당연히 묵으러 왔지요. 레미 부인, 그동안 어떻게 지내셨소?

레미 부인 그거참, 곤란하게 되었는데요! 빈방이 하나도 없습니다.

닥터 오늘 무슨 행사가 있는 날이던가요?

레미 부인 아닙니다. 그냥 평일입니다.

닥터 평일인데 방이 다 찼다고요? 그런데 이 사람들은 다 누굽니까?

레미 부인 환자들입니다.

닥터 환자들이라고요?

레미 부인 네. 치료받는 사람들이요.

닥터 그런데 환자들이 왜 여기서 묵고 있는 겁니까?

레미 부인 그야 생모리스엔 우리 호텔밖에 없으니 그렇지요. 새 호텔이 건립될 때까지는 여기서 그 누구도 아무 불평 없이 지내고들 있습니다. 여기서 필요한 치료를 곧바로 다 받을 수 있으니 그야말로 와따지요. 현대적 위생 규칙도 잘 따르고 있습죠.

닥터 다들 도대체 어디서 나타난 겁니까?

레미 부인 환자들 말입니까? 얼마 전부터는 방방곡곡에서 모여들고 있지요. 초기에는 그냥 지나가던 사람들이었지만서도.

닥터 무슨 말인지 모르겠는데요.

레미 부인 그러니까 초기에는 사업차 생모리스를 지나가던 사람들이 크노크 의사 선생님의 명성을 듣고는 진료를 받았지요. 별다른 생각 없이 그냥 혹시 몸에 이상은 없나 하면서요. 그때 우리 마을을 지나가게 된 게 천만다행이었지요. 안 그랬으면 벌써 저세상으로 갔을 테니.

닥터 왜 저세상으로 가요?

레미 부인 진단을 받지 않았더라면 만사 모르고 계속 술 마시고 계속 아무거나 먹으며 또 계속 아무렇게 나 생활했을 테니까 그렇죠.

닥터 그래서 이 모든 사람들이 여기 계속 머물고 있는 건가요?

레미 부인 네. 그 사람들이 크노크 의사 선생님 곁으로 되돌아와서 곧장 입원하고는 치료를 받기 시작했지 요. 그런데 이젠 그것도 많이 바뀌었습니다. 여기에 묵고 있는 손님들은 진료를 받으려고 특별히 행차 한 사람들이랍니다. 문제는 호텔에 방이 모자라는 사정이라, 곧 새 건물을 신축할 예정입니다.

닥터 굉장하군요.

레미 부인 (잠깐 생각에 잠겼다가) 사실 선생님에게는 굉장해 보일 겁니다. 만일 선생님이 크노크 의사 선 생님처럼 생활해야 했다면, 제발 자비를 베풀어달 라 신께 간청하셨겠지요.

닥터 흠! 그 사람이 도대체 어떤 생활을 하고 있는데 그러시오?

레미 부인 그야말로 중노동의 삶을 살고 계시죠. 기상하자마자 진료 방문하러 온종일 뛰어다니시니까. 오전 10시에 우리 호텔에 오시니, 5분 정도 있으면 만나게 되겠네요. 호텔 진료가 끝나면 댁으로 돌아가 또 계속 진료를 하신답니다. 그러고는 이어서 이 지역을 한 바퀴 도시지요. 자동차, 그것도 번쩍번쩍한 새 차가 있지만 워낙 강행군이라 모르긴 해도 어떨 땐 샌드위치로 점심을 떼우기도 하실 겁니다.

닥터 나도 리옹에서 그런 생활을 하고 있지요.

레미 부인 그런데 선생님이 여기 계실 땐 그냥 조용한 삶을 사셨잖아요. 맙소사, 다방에서 당구 치시던 거 기억하세요?

닥터 그러고 보면 그 시절에 사람들이 더 건강했던 셈이군요.

레미 부인 파르팔레 씨, 그런 말씀 마세요. 그 시절 사람들은 치료받는다는 관념조차 없었으니, 그건 엄연히 다른 거지요. 이 시골구석에서 야생동물이나 마찬가지로 취급당하며 우리의 건강 따위는 안중에도 없이 그렇게 짐승처럼 죽을 날만 기다렸던 거지요. 처방, 다이어트, 현대적 기구, 그 외 진보적 혜택은 대도시 사람만 받을 수 있기라도 한 듯 말이지요. 하지만 파르팔레 씨, 그건 잘못된 생각이랍다. 우리도 나름 자신을 귀하게 여길 줄 압니다요. 물론 쓸데없이 낭비하는 건 싫어하지만, 꼭 필요할 땐 돈을 쓸 줄도 안단 말입니다. 파르팔레 씨도 이전엔 시골에 계셨잖습니까. 비싼 약 사느니 차라리 눈 한쪽, 다리 하나 잃어버리는 것도 마다하지 않으며 한 푼이라도 쪼개 쓰는 시골 사람들과 함께 말입니다. 그런데 상황이 바뀌었답니다. 천만다행이지요.

닥터 거참, 사람들이 건강한 삶을 마다하고 굳이 앓아눕고 싶어한다면, 그렇게 하라고들 하세요. 결국 이득 보는 사람은 의사니까.

레미 부인 (아주 격앙되어) 크노크 의사 선생님이 자기 이익이나 챙기는 사람이라고 말할 사람은 아무도 없을 겁니다. 우리가 듣도 보도 못한 무료진료를 시작한 분이 바로 그분이시니. 물론 먹고살 만한 사람들은 일반 유료진료를 받지요. 그조차도 하지 않으면 오히려 배은망덕할 테니. 대신 불우한 사람들은 공짜인 겁니다. 게다가 비싼 휘발유 들여가며 이 지역 구석구석 가난해서 치즈 한 조각도 사 먹을 수 없는 사람들의 집들을 드나드십니다요. 그런 분더러 병이 없는 사람들에게 병을 만들어 진료한다는 식으로 말을 하면 안 되지요. 저만 해도 처음 진료받고 난 뒤 벌써 10차례나 그분이 직접 여기로 오셔서 일상 진료를 해주고 계세요. 매번 진료 때마다 변함없는 인내심으로 15분씩이나 들여가면서 머리부터 발끝까지 다양한 기구를 써가며 진찰을 해주신답니다. 진료할 때마다 아무 이상 없다고, 걱정할 것 없으니 잘 챙겨 먹으라고 하시면서요. 그러고도 한 푼도 안 받으시고요. 베르나르 선생님에게도 마찬가지랍니다. 베르나르 선생님은 자신의 몸속에 기생충이 있다는 생각으로 늘 걱정했는데 크노크 선생님이 분비물을 세 번이나 분석해가며 안심시켜드렸지요. 저기 마침 무스케 씨가 15호실에서 혈액 검사를 하러 오시는군요. 두 분이 함께 말씀 나누시지요. (잠시 생각에 잠기더니) 어쨌든 짐 가방은 제게 주시고요. 가방 놓아둘 만한 구석을 찾아볼 테니.

4장

파르팔레, 무스케

무스케 (품위 있게 차려입은 복장으로) 의사 선생님이
  아직 도착하시지 않았습니까? 아니, 파르팔레 선생
  님 아니십니까! 이게 얼마 만입니까! 여길 떠나신
  지가 하도 오래되어서.

닥터 오래되었다니요? 석 달밖에 안 되었는데요.

무스케 아, 그렇군요. 석 달이라! 그런데 그 세월이 엄
  청나게 여겨집니다그려. (보호자처럼) 리옹 생활은
  만족하십니까?

닥터 아주 만족스럽소이다.

무스케 다행이군요, 정말. 그곳에서 예전 고객들을 이
  어받으셨겠지요?

닥터 음, 3분의 1은 내가 가서 보태졌소만. 부인은 어

떠신가요?

무스케 네, 훨씬 좋아졌습니다.

닥터 왜요? 어디 편찮았던가요?

무스케 기억 안 나세요? 현기증 때문에 늘 힘들어하던 거. 그런데도 선생님께선 별거 아니라고 하셨지요. 크노크 의사 선생님이 부임하시자마자 난소에서 생성되는 호르몬 분비 부족이라는 진단을 내리고 호르몬제 처방을 해주셨는데, 효과가 뛰어납니다.

닥터 그러면 부인이 이제는 나으셨나요?

무스케 이전의 현기증은 싹 사라졌습니다. 대신 머리가 지끈거리는 증세는 여전히 남아 있지만 집안일이 많아서 그런 거니 이상할 것도 없지요. 정말 일이 많아졌거든요. 안 그래도 실습생을 한 명 쓸까 하고 있는데, 근면한 학생 하나 추천해주시지요?

닥터 지금 당장 떠오르는 사람은 없는데, 기억해두지요.

무스케 아! 이젠 이전처럼 보잘것없는 약방이 아니랍니다. 매일 밤 11시 반이 돼야 겨우 잠자리에 들 수 있을 정도로 일을 해도 처방을 다 끝낼 수가 없답니다.

닥터 간단히 말해 떼돈을 번다는!

무스케 매출액이 5배가 늘었으니, 불평할 일은 아니지요. 그런데 그것 말고 또 다른 만족도 있습니다. 파르팔레 선생님, 저 이제 제 일에 애정을 가지게 되었답니다. 보람 있는 일을 하고 있다는 느낌. 그냥 잠잠히 있는 것보다 무슨 일이라도 저지르는 게 더 즐겁다고나 할까요. 뭐 성격의 문제겠지요. 의사 선생님이 오셨군요.

5장

동일 인물, 크노크

크노크 신사 여러분. 안녕하십니까? 아, 파르팔레 선
생님. 안 그래도 생각하고 있었습니다. 여행은 즐거
우셨는지요?

닥터 아주 좋았소이다.

크노크 자동차로 오셨나요?

닥터 아니요. 기차로 왔습니다.

크노크 아, 그러세요? 지불 기한인 거지요?

닥터 뭐, 다녀가는 길에 겸사겸사······.

무스케 자, 그럼 선생님들, 저는 이만. (크노크를 향해)
15호실로 가보겠습니다.

6장

무스케를 제외한 동일 인물

닥터 내게 속았다고 이제 원망 안 하시나요?

크노크 에이, 원래는 그런 의도가 없잖아 있었던 거 아닙니까.

닥터 내게서 물려받은 자리가 그래도 가치가 있다는 걸 부인하지는 않으시겠지요?

크노크 아, 그러면 계속 계시지 그러셨습니까. 그랬으면 우리 두 사람 모두에게 좋았을 텐데. 무스케 씨한테 첫 결산 이야기를 들으셨나요?

닥터 들었습니다.

크노크 (자신의 지갑을 뒤지며) 극비 사항이긴 합니다만, 제 그래프를 하나 보여드리지요. 석 달 전에 우리가 나누었던 대화와 연결될 겁니다. 우선 진단과 관련해서. 이 곡선은 주간을 기준으로 한 것입니다. 자. 선생님이 계실 때의 숫자에서 시작해보지요. 정확히는 모르겠지만 대략 5라고 짚어봤습니다.

닥터 일주일에 다섯 번이라고요? 그 두 배 정도는 된다오, 선생.

크노크 그건 그렇다 치고. 자, 이게 저의 숫자입니다. 당연히 월요일의 무료진료를 계산에 넣지 않았습니다. 10월 중순에 37건. 10월 말에 90건. 11월 말 128건. 12월 말까지는 아직 모두 정리가 되지 않았습니다만, 벌써 150건을 넘어섰습니다. 더욱이 시간이 모자라는 터라, 진료 곡선이 치료 곡선과 합해집니다. 진료 자체도 제가 반쯤은 관심이 식은 터라. 사실상 진료라는 게 낚시할 때 그물을 던지는 것처럼 좀 구식이기도 하고. 반면 치료는 그야말로 양식업이라고 할 수 있지요.

닥터 그런데 이 숫자들이 정확하긴 한 거요?

크노크 네, 정확합니다.

닥터 아니, 일주일 만에 생모리스 지역의 농사꾼들 150명이 진료를 받겠다고 의사를 찾아와 줄을 섰다는 말이오? 억지로 오게 했다거나 갑작스럽게 무슨 문제가 생겼던 것도 아닌데?

크노크 물론 헌병이나 군사력이 동원된 건 아닙니다.

닥터 이해가 안 되는데요.

크노크 자, 치료 곡선을 한번 보기로 하지요. 10월 초는 선생님이 제게 물려준 숫자지요. 집에서 정기적으로 치료받아야 하는 환자 수가 제로였지요? (파르팔레는 별다른 저항 없이 고개를 끄덕인다) 그런데 10월 말에는 32명, 11월 말에는 121명, 12월 말에는 자그마치 245에서 250명 정도 될 겁니다.

닥터 왠지 나를 만만하게 보고 말씀하시는 느낌이 드는데요.

크노크 아니, 오히려 제겐 그리 많지도 않은 숫자로 보입니다만. 이 지역에 2,853가구가 살고 있다는 걸 잊지 마십시오. 그중 1,502가구는 실제 수입이 12,000프랑을 넘지요.

닥터 수입 얘긴 또 뭐요?

크노크 (세면대로 다가가며) 수입이 12,000프랑도 안 되는 가족에게 치료비를 정기적으로 받아낼 수는 없지 않겠습니까! 그건 좀 심하죠! 형편이 나은 사람은 또 다른 문제고요. 그러니 모두 일률적으로 할 수는 없었지요. 저는 네 가지 처방을 구축했습니다. 12,000에서 2만 프랑의 수입이 있는 검소한 가족에 대해서는 일주일에 한 번, 약값으로는 한 달에 50프랑 정도. 제일 상위층, 그러니까 수입이 5만 프랑 이상 되는 가족에 대해서는 일주일에 적어도 네 번의 치료를 받게 하고 기타 비용으로 300프랑, 즉 엑스레이 치료, 라듐 치료, 전자 마사지, 일반 약 처방 등.

닥터 그런데 주민들의 수입을 어떻게 알고 계시오?

크노크 (세면대에서 손을 꼼꼼하게 씻으며) 물론 세무서에 가서 물어본 건 아니니 안심하세요. 그러지 않는 편이 제게도 낫고요. 자, 수입이 12,000프랑 이상 되는 가구를 저는 1,502로 헤아렸는데 세무사는 달랑 17가구로 치더군요. 게다가 그는 가장 높은 수입이 2만 프랑이라는데 제가 파악한 바로는 12만 프랑이더라고요. 양쪽에서 결코 똑같은 수치가 나올 순 없는 거지요. 생각해보세요. 그는 나라의 녹을 받고 일하는 공무원이니.

닥터 그렇다면 선생은 그런 정보를 어떻게 얻은 거요?

크노크 (미소를 띠며) 정보는 많지요. 더욱이 정보 정리하는 일도 상당한 작업이고요. 부임해서 첫 달은 그 일에만 전념했습니다. 그 이후에도 계속 정리해 나가면서요. 그래서 얻은 이 결과물을 보세요. 멋지지 않습니까!

닥터 이 지역의 지도 같아 보이는군요. 그런데 이 붉은 점들은 다 무엇이오?

크노크 그건 의료가 개입된 지역들이랍니다. 붉은 점 하나마다 정규적 치료를 받는 환자를 의미하지요. 한 달 전만 해도 이곳은 회색 점으로 가득했답니다. 샤브리에르의 점이지요.

닥터 왜 샤브리에르입니까. 그 이름이 마음에 들어서?

크노크 그 지역 중심지의 이름이랍니다. 얼마 전까지만 해도 그 지역에 몰두했었지요. 그 결과 회색이 완전히 사라진 건 아니지만, 그래도 산산이 분산되었지요. 보이시지요? 회색 점이 거의 보이지도 않지요?

침묵

닥터 아무리 경악을 감추려고 해도 불가항력이군요. 그렇다고 보여주신 결과를 의심할 수도 없고. 여러 가지 면에서 확인이 되었으니. 나 아닌 다른 사람들이 의심한다고 해도, 그러니까 그런 생각을 한다 해도 말이지요. 그 경우엔 그들이 의사가 아니라서겠지요. 여하튼 질문 하나만 해도 되겠습니까?

크노크 하십시오.

닥터 만일 내가 선생의 방식을 보유하고 있다면, 그러니까 내가 그런 방식을 익히 알고 있다면, 그걸 실천에 옮기기만 하면 되나요?

크노크 그렇지요.

닥터 씁쓸함이 남지는 않을까요? (침묵) 답변해주시겠소?

크노크 제가 보기엔 선생님 스스로가 답변을 하셔야 할 것 같은데요.

닥터 이렇다 저렇다 판단은 접어두고, 그냥 아주 민감한 문제를 제기해보는 것이오.

침묵

크노크 좀 더 상세히 말씀해보시지요.

닥터 내가 너무 깐깐하게 군다고 여길는지 모르겠소만, 선생의 방식은 환자의 이익보다 의사의 이익이 우선하는 게 아니오?

크노크 파르팔레 선생님, 그 두 가지 이익보다 더 소중한 게 있다는 것을 잊으셨습니까?

닥터 무슨?

크노크 바로 의학의 이익 말입니다. 제가 유일하게 관심을 가지는 건 바로 그것입니다.

침묵이 흐르고, 파르팔레는 뭔가 생각에 잠긴다.

닥터 그래요, 그래, 그래.

이 순간부터 이 장면의 마지막까지 무대 조명이 서서히 변해간다. 대지의 갈색에서 녹색과 보라색을 더하며 화려한 의료색으로.

크노크 그냥 별다른 생각이 없는 수천 명의 사람들이 살고 있는 지역을 선생님이 제게 넘기셨지요. 제 역할은 그들에게 의료적인 생각을 심어가면서 의료적인 존재로 만드는 것이지요. 그들을 침대로 이끌어 어떤 결과를 초래할 수 있는지 보는 겁니다. 결핵, 과민증세, 동맥경화, 뭐든 좋은데, 아이고 맙소사! 아무 이상 없이 멀쩡한 사람, 건강한 사람은 도저히 그냥 잠잠히 눈 뜨고 볼 수가 없지요.

닥터 그렇다고 이 지역 사람들 모두를 드러눕게 만들 수는 없지 않소!

크노크 (손을 닦으며) 그런 생각도 해볼 만하지요. 한 집안 가족 5명 모두 동시에 아파 드러누웠는데도 그럭저럭 잘 지내는 걸 보기도 했거든요. 선생님의 그 의문이 경제학자들의 말을 떠올리게 하는군요. 현대적 대전쟁은 6주간을 넘기지 못한다는. 아무튼 진실이 뭔지 아십니까? 그건 우리 모두에게 과감성이 부족하다는 것, 우리 중 아무도, 이러는 저 자신조차도 모든 국민을 드러눕게 만들기 위해 끝까지 가지 못한다는 거지요. 어떻게 되는지 시험 삼아 한

번 시도해봐도 좋을 텐데 말이지요! 그러니까 제 말은 건강한 사람은 아직은 보존되는 인간 종으로, 아픈 사람들을 돌보거나 아니면 환자들 뒤에서 그들을 교육시키는 데 쓸모는 있지요. 제가 정작 꺼리는 부분은 건강 자체가 우쭐대는 것입니다. 선생님도 인정하시겠지요. 사실 현장에서 우리도 모른 척 눈 감아주거나 건강하도록 내버려 두지 않습니까. 그런데 건강을 장담하며 의사 앞에서 잘난 척하는 거, 그게 기분 나쁜 거지요. 여기서도 그런 일이 있었습니다. 라팔랭 씨 얘깁니다.

닥터 아! 그 씨름 장사 말이오? 팔뚝으로 자기 장모를 그네 태울 수도 있다고 떠들어대는?

크노크 예. 3개월간을 으스대었지요. 그러다 이젠 그도 항복했습니다.

닥터 뭐라고요?

크노크 그 장사도 드러누웠다는 말입니다. 그의 허세가 주민들의 의료정신을 흩트려놓았었지요.

닥터 그래도 여전히 심각한 어려움이 남지요.

크노크 무슨 말씀이신지?

닥터 선생은 의학만 생각하는군요. 그러면 그 나머지는요? 선생의 방식을 일반화시키면서 생겨날 다른 사회활동의 둔화는 생각 안 하시나요? 그런 활동 중에는 중요한 것들도 있는데.

크노크 그건 제 문제가 아니지요. 전 의사일 뿐인데.

닥터 하긴, 철도를 건설하는 기술자가 시골 의사 걱정을 하진 않겠지요.

크노크 맙소사! (무대 구석을 향하더니 창 쪽으로 다가간다) 이쪽으로 와서 좀 보시지요, 파르팔레 선생님! 이 창문에서 바라보이는 저 경치를 익히 아시겠지요. 이전에 당구 게임 하시면서 저 풍경을 바라보지 않았을 리는 없을 테고요. 저 멀리 보이는 알리그르 산이 이 지역의 경계선을 만들지요. 메스클라 마을과 트레뷔르 마을이 왼쪽으로 드러나고요. 만일 저쪽에까지 생모리스 지역 사람들의 집들이 들어섰더라면 이 계곡 전체가 우리 지역이 되었겠지요. 그런데 그냥 자연적 풍미나 즐기자고 그대로 둔 거지요. 야생의 상태, 즉 인간화되지 않은 상태로 그냥 바라보자고 말입니다. 그런데 이제는 제가 도처에 우리의 기술, 의학의 조명을 밝혀놓았습니다. 사실 제가 여기 처음 도착해서 그 이튿날 어떤 기분이 들었는지 아십니까. 저 자신이 어딘지 보잘것없다는 자괴감까지 들었습니다. 이 광활한 영토가 나 같은 존재 따위는 무시해버리는 듯한 느낌이랄까요. 그런데 이제는 오르간 연주자가 거대한 오르간에 손을 얹는 것만큼 딱 제 자리라는 느낌이 듭니다. 거리상으로나 자연에 가려져 보지 못했던 250가구들, 그 250개의 방에서 사람들이 제각기 의학에 고백을 하는 거지요. 250개의 침대. 그 침대에 드러누워 이제야 삶의 의미를, 그러니까 다시 말해서 제 덕분에 이제야 의료적 삶의 의미를 알게 되었다고 말이지요. 밤이 되면 그들 모두 불까지 밝히니 더욱 아름답지요. 그 조명 하나하나, 거의 모든 등불이 제 것이니까요. 아프지 않은 사람들은 칠흑 속에서 잠드는 거지요. 그들은 삭제되는 겁니다. 대신 환자들은 작은 등불이나 램프라도 켜놓지요. 의술이 닿지 않는 모든 것을 저렇듯 밤의 어둠이 감추어버리는 거지요. 동시에 저를 부추기며 한번 해보겠는지 도전장을 던집니다. 말하자면 이 지역은 제가 계속해서 창조해가는, 제가 창조주인 일종의 창공이라고 할까요. 제가 아직 '종' 얘긴 하지 않았군요. 상상해보세요. 모든 사람들이 기상해서 첫 번째로 해야 하는 일이 제가 준 처방을 떠올리는 거랍니다. 그러니 그 종은 곧 제 처방전의 알림 소리나 다름없지요. 이제 곧 10시를 알리는 종이 울리지요. 10시 종은 제 환자들이 두 번째로 직장체온을 재는 시간입니다. 이제 곧 250개의 체온계가 동시에 항문으로······.

닥터 (흥분해서 크노크의 팔을 붙잡으며) 친애하는 선생, 내가 제안 한 가지 하겠소이다.

크노크 뭐지요?

닥터 선생 같은 인물은 이런 시골에선 아깝소. 대도시가 어울리지.

크노크 언젠가는 대도시로 가겠지요.

닥터 자신의 나이를 간과하지 마시오! 몇 년 있으면 예전 같지 않을 거요. 내가 경험한 바로소이다.

크노크 그래서요?

닥터 그래서 뒤로 미룰 일이 아니라는 겁니다.

크노크 어디 좋은 자리라도 있습니까?

닥터 내 자리를 드리다. 선생에 대해 우러나는 존경심을 걷잡을 수가 없는 판국이니.

크노크 그러면 선생님은요?

닥터 나요? 나는 다시 여기, 생모리스로 오면 되지요.

크노크 그렇군요.

닥터 한술 더 떠서, 내가 받아야 하는 돈도 그냥 없던 걸로 하리다.

크노크 아, 그러고 보면 선생님이 어리숙하지는 않으십니다그려.

닥터 그게 무슨 말이오?

크노크 생산력은 미비해도 사고팔 줄은 아시니 말입니다. 다른 말로, 장사할 줄 안다는 거지요.

닥터 장담하건대…….

크노크 더욱이 심리적 재주도 있으시고요. 제가 돈을 아주 많이 벌게 되어 오히려 돈에 신경을 안 쓸 테니 그 틈을 타서 리옹에 가게 하려는 것 아닙니까. 거기서 몇 동네 전담하다 보면 생모리스의 그래프

쯤은 금방 잊어버릴 거라고 생각하시는 거겠지요.
사실 저도 여기서 늙을 생각은 없습니다. 그렇다고
해도 이렇게 다급하게 떠날 수야!

7장

동일 인물, 무스케

무스케가 조용히 두 사람을 가로질러 밖으로 나가려고 하는데 크노크가 그를 멈춰 세운다.

크노크 오우! 무스케 약사님, 잠깐만 이쪽으로 와보시겠습니까. 파르팔레 선생님이 제게 무슨 제안을 하신 줄 아십니까? 자리를 바꾸자는군요. 그러니까 내가 리옹으로 가고, 선생님이 여기로.

무스케 농담이시겠지요?

크노크 아닙니다. 아주 진지하시답니다.

무스케 기운이 쫙 빠지는군요. 당연히 거절하셨겠지요?

닥터 왜 거절을 해요?

무스케 (파르팔레를 향해) 2천 프랑짜리 권총을 물권총과 바꾸자고 하는 거나 마찬가진데, 미치지 않고서야 거절하는 게 당연하니까요. 자동차도 얹어준다고 하지 그러세요?

닥터 내가 리옹에서 담당하고 있는 환자들은 1급 환자들이라오. 널리 평판이 나 있는 메를뢰 의사 후임 자리였으니.

무스케 네, 그런데 3개월 전만 해도…… 하긴 석 달 동안 많은 게 변하긴 하지요. 성장보다는 퇴보를 더할 수도 있고. (크노크를 향해) 크노크 의사 선생님, 생모리스 주민들이 절대 용납하지 않을 겁니다.

닥터 주민들이 무슨 상관이오? 그들의 의견을 묻지는 않을 텐데.

무스케 그래도 주민들이 다들 한마디씩 할 겁니다. 시위까지 할 거라고는 말씀 못 드리겠지만, 어차피 시위할 환경도 아니고 그런 문화도 아니니. 대신 선생님을 리옹으로 되돌려 보낼 수는 있지요. (레미 부인을 발견하고는) 당장 직접 겪어보시지요.

접시들을 들고 레미 부인이 등장한다.

8장

동일 인물, 레미 부인

무스케 레미 부인, 제가 반가운 소식 하나 알려드리지요. 크노크 의사 선생님이 우리 마을을 떠나고, 파르팔레 선생님이 다시 여기로 오신답니다.

레미 부인은 놀라서 들고 있던 접시들을 놓칠 뻔하다가 얼른 가슴 쪽으로 당겨서 다시 든다.

레미 부인 아 안 돼요! 안 된다고요! 절대 그럴 수는 없습니다! (크노크를 향해) 사람들이 비행기로라도 납치할 겁니다. 의사 선생님을 못 떠나게 해야 한다고 내가 동네방네 떠들고 다닐 테니까. 아니면 자동차 바퀴에 구멍을 내버리든지. 그리고 파르팔레 선생

님! 혹시 그러려고 행차하신 거라면 죄송하지만 빈
방이 없다고 말씀드릴 수밖에 없습니다. 오늘이 1월
4일, 엄동설한이지만 어쩔 수 없이 밖에서 주무시는
수밖에 다른 도리가 없겠습니다.

레미 부인은 들고 있던 접시들을 탁자 위에 놓는다.

닥터 (아주 어안이 벙벙해진 상태로) 거참! 지난 25년
동안 자신들을 위해 공헌한 사람을 대하는 태도가
참 무례하기 짝이 없소이다. 생모리스에 돌팔이를
위한 자리밖에 없다면 나는 차라리 리옹에서 정직
하게 돈을 벌겠소이다. 정직하게, 정말이지 정직하
게 말입니다. 이전의 자리로 되돌아오면 어떨까, 내
가 잠시라도 그런 마음이 들었던 건 다름 아니라 아
내의 건강 때문이라오. 대도시 공기에 전혀 적응하
지 못하고 있는 터라. 크노크 선생, 우리가 해야 할
업무를 가능한 한 빨리 끝냅시다. 오늘 저녁에 바로
떠날 수 있도록.

크노크 그러시면 안 되지요. 아직 확실하지도 않은 갑

작스러운 소식에 레미 부인이 놀라서, 거기다 하마터면 접시들까지 놓쳐버릴 뻔했던 터라 당황한 나머지 말이 좀 헛나왔던 게지요. 말이 그렇다 뿐이지 마음은 안 그럴 겁니다. 자, 보세요. 이제 부인이 아끼는 접시들을 안전하게 내려놓았으니 원래의 차분한 성격을 되찾았네요. 더욱이 선생님 덕분에 지난 25년간 잠잠한 세월을 보냈다고 생모리스 주민들을 대변해서 저렇게 두 눈 가득 감사의 마음을 그대로 내비치고 있지 않습니까.

레미 부인 물론입니다. 파르팔레 선생님은 언제나 용기가 남다른 분이셨지요. 우리에게 의사가 필요 없을 때도 자신의 자리를 굳건히 지켜가면서요. 하지만 전염병이라도 돌게 되면 참 골칫거리였지요. 스페인 독감 때 사람들을 그냥 죽도록 내버려 두는 게 어디 진짜 의사가 할 일입니까?

닥터 진짜 의사라고요? 그게 도대체 무슨 말이오? 그러니까 '진짜 의사'라면 전 세계에 나도는 전염병을 퇴치할 수 있다, 뭐 이렇게 생각하는 겁니까? 토지 경작꾼이 지진을 다스릴 수 있다는 말과 같구려. 어

디 한번 두고 봅시다. 다음번에 전염병이 닥치기라
도 하면 그때 크노크 선생이 나보다 더 잘 대처해나
갈지 어떨지 보자고요.

레미 부인 크노크 의사 선생님은…… 파르팔레 선생
님, 제 말 좀 들어보시지요. 저는 선생님과 자동차
얘기는 하지 않으렵니다. 그 분야에 대해서는 아는
바가 없으니까요. 하지만 환자라는 개념에 대해서
는 이제 좀 알 것 같습니다. 노약자들이 이미 침대
에 드러누워 있는 상태의 마을에서는 선생님이 말
씀하시는 세계적 전염병이 나돌아도 거뜬하게 맞이
할 수 있지요. 더 끔찍한 것은 지난번 베르나르 선
생님이 강연회에서 언급하신 바와 같이 맑은 하늘
에 날벼락 치는 일이지요.

무스케 친애하는 파르팔레 선생님, 당부드리는 바, 부
디 이 질서를 깨트리지 말아주십시오. 이곳은 이미
거리마다 약학과 의학의 개념이 깔려 있습니다. 그
것도 충분히 폭넓게 말입니다. 선생님이 마주치는
첫 사람부터 반대하고 나설 겁니다.

크노크 자 우리, 철부지들 싸우듯 이러지 마십시다. 레

미 부인과 파르팔레 선생님의 의견이 다를 수 있는 것이니, 그 점 인정하고 최대한 서로 존중하도록 합시다. (레미 부인에게) 선생님을 위한 방 하나쯤은 있겠지요?

레미 부인 없습니다. 아시다시피 환자들도 모두 들이기 어려운 지경인데. 만일 환자라면 제가 무슨 수를 써서라도 어떻게든 방을 마련해야겠지요. 그게 제 임무이니.

크노크 파르팔레 선생님이 오늘 출발할 여건이 못 된다고 말씀드린다면요? 그러니까 의료적으로 말해 하루 정도는 쉬어야 하는 상태라면요?

레미 부인 그렇다면 상황이 달라지지요. 그런데 파르팔레 선생님이 진료받으러 오신 건 아니지 않습니까?

크노크 진료받으러 오셨다고 해도 직업적인 성격상 그걸 마구 떠들어댈 수야 없지요.

닥터 도대체 무슨 얘기요? 난 오늘 저녁에 떠날 거니 그렇게 아시오들.

크노크 (닥터를 바라보며) 선생님, 그냥 하는 말이 아닙니다. 적어도 24시간의 휴식이 필요하십니다. 오늘 출발하시지 않는 게 좋겠습니다. 아니 출발은 제가 반대하는 바입니다.

레미 부인 네, 네, 알겠습니다. 제가 몰랐습니다요. 파르팔레 선생님에게도 침대 하나 내드릴 테니 염려 마세요. 체온도 재야 하나요?

크노크 그건 나중에 다시 이야기하도록 합시다.

레미 부인이 자리를 떠난다.

무스케 저도 이만. (크노크에게) 주삿바늘이 부러져 새 걸 가지러 약국에 가봐야 해서요.

무스케가 퇴장한다.

9장

크노크, 파르팔레

닥터 농담이시지요? (잠시 침묵) 여하튼 고맙소. 여덟
시간이나 걸리는 여행을 오늘 저녁에 다시 시작하
고 싶지는 않던 참인데. (잠시 침묵) 더 이상 20대가
아니라는 걸 나도 절실히 느낀다오. (침묵) 거참 존
경스럽기까지 하구려. 계속 그렇게 신중한 태도를
보이시니. 그러니까 내 상태를 말하면서 그렇게 심
각한 태도로…… (일어서며) 농담이란 걸 알지만 어
쩜 그리도 능청맞게 직업적 수완을 잘 부리는지 나
는 흉내낼 엄두도 못 내겠소이다. 그 태도며 눈빛이
며…… 마치 내 몸속을 통째로 쭉 진단해보기라도
한 것처럼. 참 대단하시구려.

크노크 어쩌겠습니까! 누군가를 마주 대하기만 하면

저도 모르게 그렇게 되어버리는데. 진단이 술술 나와 쭉 나열되는 걸 저 자신도 어떻게 막을 방법이 없답니다. 그럴 필요가 전혀 없는 장소에서도 말입니다. (신중하게) 그렇다 보니 얼마 전부터는 아예 거울도 보지 않게 되었습니다.

닥터 진단이라니? 무슨 말씀이오? 그냥 해보는 소리지요? 아니면?

크노크 그냥 해보는 소리라니요? 사람을 대하기만 하면 저도 모르게 아주 세밀하고도 다양한 증상들이 눈에 보인다니까요. 피부, 동맥, 눈동자, 혈관, 호흡 상태, 털, 그 외 뭔지 모르지만 제가 진단을 하는 데 필요한 모든 기능이 자동으로 작동한답니다. 그렇다 보니 그런 제가 우스꽝스럽게 보이지 않으려면 스스로 오히려 조심을 해야 하는 지경이랍니다.

닥터 그러니까 좀 우습게 보일지 모르지만…… 이렇게 계속 물어보는 이유가 좀 있어서 그러는데…… 나한테 하루 동안 휴식이 필요하다고 했던 거, 그냥 해본 소리오? 아니면…… 다시 얘기하지만, 신경 쓰이는 이유가 좀 있어서 말이지요. 그런 이유로 선생의 대답이 나름 중요해서 그렇소. 얼마 전부터 내가 스스로를 쭉 관찰해온 결과, 그러니까 원리적인 관점에서 그랬다는 거지요. 그런데 그런 관찰들이 선생이 언급하는 진단과 일치하는지 어떤지 궁금해서 그러오.

크노크 선생님, 그 문제는 잠시 좀 접어두지요. (종소리가 울린다) 10시를 알리는군요. 제가 진료를 돌 시간입니다. 그리고 점심이나 같이 하십시다. 제게 그런 영광을 주신다면요. 그리고 선생님의 건강 상태와 그에 따른 판단은 오늘 오후 좀 한가할 때 제 진료실에서 하기로 하지요.

크노크가 멀어져가고 열 번의 종소리가 울린 후 멈춘다. 파르팔레는 깊은 생각에 빠지듯이 안락의자에 푹석 주저앉는다. 하인, 시피옹, 레미 부인이 등장하고 기구들을 나르는 사람들이 의료의 빛을 상징하는 초록색과 빨간색 중심으로 차례차례 이어서 행차한다.

막이 내린다

100년이 지나서도 빛바래지 않은
'닥터 크노크'의 저력

시인 보들레르가 『검은 고양이』로 유명한 미국의 소설가 에드거 엘런 포의 글들을 불어로 번역하여 소개하는 데 크게 기여했듯이, 이번 기회를 통해 프랑스 작가 쥘 로맹을 한국에 처음 소개하면서 '닥터 크노크'가 앞으로 많은 독자에게 친숙해지길 기대해본다.

물론 19세기 프랑스에서의 엘런 포와 보들레르, 그리고 21세기 한국에서 쥘 로맹과 역자의 입지를 비교할 수는 없다. 무엇보다도 시대적으로 19세기 서구는 책을 읽는 대중이 부각되며 시장성이 활발했지만 21세기 대한민국을 비롯한 세계는 독서인구가 급격히 줄어든 실정이다.

이런 암울한 현실 속에서도 여전히 책을 읽는 사람들은 책의 생존을 위해 일종의 저항운동을 하고 있는 것이나 마찬가지라고 하겠다. 작고한 지 반세기가 지나기도 했으려니와 한국에는 거의 알려져 있지도 않은 쥘 로맹을 굳이 이 외로운 저항운동에 끌어들인 것은 무엇보다도 이 작품 때문이다.

가뜩이나 책도 안 읽는 형편인데 낯선 작가에 더군다나 희곡이라니…… 한국에서 이 작품의 시장성을 따져볼 때 장애 요소들을 열거하자면 적지 않다. 하지만 정작 이 작품은 이미 세계 각국에 널리 소개된 바 있을 뿐 아니라 에스페란토어로도 번역된 유명한 희곡이다. 그런데도 북레시피 출판사의 용감한 저항심이 없었다면 닥터 크노크가 한국 독자들과 연을 맺기란 좀처럼 어려웠을 것이다.

역자와 출판사의 저항에 더해 이제 함께 채워져야 할 몫은 독자들의 저항심이다. 그 저항심에 '노크 Knock' 해본다. 의술적으로 지극히 열악한 생모리스 마을에 부임하는 크노크Knock처럼.

똑똑똑! 당신을 초대합니다

크노크는 이 책의 주인공인 의사 이름인데 1922년 『드라큘라』를 각색한 독일의 대표적 표현주의 무성영화 〈노스페라투Nosferatu〉에 등장하는 인물에서 따왔다는 설이 있다. 불어로는 낯선 이름인데 문을 두드린다는 뜻의 '노크knock'와 권투경기에서 K.O.를 뜻하는 '녹아웃knock-out'을 연상케 하는 어감이 뭔가 예사롭지 않다.

똑똑똑! 닥터 크노크가 프랑스의 한 마을, 생모리스에 부임해서 가가호호 문을 두드리며 마을 사람들을 특별진료에 초대한다. 그런데 이 의사의 초대가 여느 초대와는 다르다.

이 낯선 초대에 우선은 마케팅의 요술 방망이, 공짜 전략이 등장한다. 너도나도 아무나 반기는 공짜가 낯선 초대에 열기를 더하면서 닥터의 초대 여정은 마을 곳곳에 급격히 스며든다. 그렇게 해서 수행해내는 것은 다름 아니라 침대로의 초대, 결국 크노크가 마을 사람들의 의식을 '녹아웃' 시킨다.

이렇듯 의미심장한 내용을 3막의 짧은 희곡으로 묘사하는 쥘 로맹의 능란한 글쓰기에 감탄이 절로 나온다. 지금으로부터 정확히 100년 전인 1923년, 무대 상연을 목표로 몇 주 만에 쓰인 작품이라니 더욱 놀랍다. 하지만 쥘 로맹이 1920년대 서구에서 가장 잘나가는 3대 극작가로 꼽혔던 만큼 당시에는 그리 놀라운 일도 아니었을 법하다.

첫 상연 무대가 파리의 코메디 데 샹젤리제였고, 첫 상연부터 성황을 이루며 쥘 로맹은 몰리에르에 비교되는 희극작가의 대열에 오른다.

> 보기 드문 시인이자 독창적인 소설가인 쥘 로맹이 참을 수 없이 웃기면서도 심오하여 그 가치가 가히 예외적인 뛰어난 희극을 선사했다. 이로써 몰리에르가 샹젤리제에 등장했으니······
>
> ―《라 리베르테》, 1923년 첫 공연 당시 기사

저명한 배우였던 루이 주베가 직접 연출과 무대 장식에 참여하고 주연까지 맡았는데, 이로써 루이 주베의 카리스마와 '닥터 크노크'는 떼려야 뗄 수 없는 이미지로 영원히 고착된다. 쥘 로맹은 한 잡지 대담에서 루이 주베와의 기억을 이렇게 쓰고 있다.

주베: 사람들이 어떻게 반응할까요? 3막은 내용이 힘들어서 두렵기도 하고. 2막에서 진전되었다는 게 와닿을까요? 1막은 잘 지나가겠지요. 짧으니까. 그런데 내가 원했던 장식은 그게 아니었는데.

로맹: 아까 한 것처럼만 해요. 그 정도면 됐어요. 나흘 전엔 그렇지 못했으니.

(연극이 성황을 이루고 있어서 뭐. 그러다 나중에 우리 대화의 톤은 이렇게 바뀌었죠.)

주베: 그래요. 지금까지는 무사히 잘 진행되었죠. 그런데 계속 그럴까요?

로맹: 그럴 거라고 봐요. 연기가 너무 기계적이지만 않다면. 중요한 건 그거죠. 그 점만 조심하면 문제없어요. 그런데 매일 저녁 무대에 오르는 게 힘들지 않소?

주베: 아니요. 작품이 좋아서.

루이 주베의 작품에 대한 애정과 연기 열정이 그대로 와닿는 대목이다. 1923년 12월 파리에서 첫 상연 이후 이 연극은 세계일주를 했다고 전해지는데 1939년 크노크와 관련한 한 보고서는 다음과 같이 쓰고 있다. "어느 나라에서 상연되었냐고 물으면 목록이 너무 길기 때문에 어느 나라에서 상연되지 않았는지 묻는 게 낫다." 그러면서 이 작품이 상연되지 않은 나라로 중국과 한국 등을 언급하기도 했다. 100년 동안 꾸준히 무대에 올려지고 있는 것은 물론 2017년까지 수차례에 걸쳐 영화화된 이 작품은 프랑스 중고등학교의 교재 및 추천 도서로 지금까지도 학부모들의 좋은 평가가 이어지고 있으며 2023년 7월 프랑스의 아비뇽 연극축제에서도 한 달 내내 소개된 바 있다.

오랜 세월 꾸준히 읽히며 원본의 대사를 거의 각색하지 않고 100년간 상연되고 있다는 점은 이 작품이 지닌 특별한 가치라 할 수 있다. 동일한 내용과 표현이 시대가 바뀌어도 빛바래지 않고 생생히 그 의미를 함축하고 있음은 『크노크』를 고전의 반열에 오르게 한 중요한 요인이 된다.

100년 후의 시사성

쥘 로맹의 작품들이 고전의 반열에 오르게 된 데는 나름 이유가 있다. 그는 위나니미슴unanimisme이라는 문예사조의 창시자다. 우리말로 '일체주의'라고 번역되는 이 사조는, 인간 공동체는 한 개인성을 초월하는 일체적 집단의식을 가지고 있다는 관점에 기반한다. 쥘 로맹은 이런 관점으로 집필 초기부터 『일체의 삶La vie unanime』(1908)이라는 시집을 출간했는가 하면 1932년부터 10여 년에 걸쳐 동일한 관점으로 27권의 대하소설 『선의의 사람들Les hommes de bonne volonté』을 발표하며 위나니미슴을 발전시켜나갔다.

엘리트는 사상을 논하고, 보통 사람은 사건을 논하고, 하류는 사람을 논한다. – 쥘 로맹

쥘 로맹의 작품 속 인물들은 환경과 무관하게 혼자서 영웅적으로 행동하는 심리적인 인물이 아니라 시대와 집단을 응집하는 사회적 인물이다. 혼자 의술의 혁신을 일으키는 듯 보이는 크노크지만 작품 속에 실험

주의의 거장 클로드 베르나르를 인용하고 있는 것을 보면 그는 실상 시대적 혁신에 가담하여 실전에서 앞장서 뛰고 있는, 한 사회상의 특기할 일면을 우리에게 이해시키는 인물이다.

크노크가 선박에서 의사 활동을 만끽하다가 왔다는 구상 또한 우연은 아닐 듯하다. 선박과 유럽은 당연히 신대륙을 연상시키고 미국은 구대륙에서 이전에 듣도 보도 못한 마케팅 기술과 의료 기구들의 원천지이기도 하니까.

그러면 이제 100년이나 흘러 시대상도 바뀌었으니 이 희곡이 '한물간 작품 아닌가?'라는 의문이 들 수도 있겠다. 하지만 아니라고 분명히 대답할 수 있는 이유가 있다. 위나니미슴, 즉 시대에 따라 기꺼이 재해석된다는 차원에서 그러하다. 바로 이 점이 쥘 로맹의 글들이 시간의 한계를 뛰어넘어 시대를 앞서가게 만든다.

1923년, 제약회사의 거대자본이 아직 일반가정 곳곳까지 스며들지 못한 환경에 속한 이들은 크노크를 보며 긍정적으로든 부정적으로든 집단을 완전 지배하는 절대적인 통치자를 떠올렸을 터이고, 권한과 재물을 꿈꾸던 이들은 닥터 파르팔레처럼 크노크에게 한 수 배우려는 갈망을 감추지 못했을 것이다. 거기다 능란한 술수의 통제자에게 휘둘리는 줄도 모르고 만장일치로 휩쓸려가는 일반인의 양상은 곧 유럽에 몰아닥칠, 국가를 기치로 한 집단적 독재주의의 분위기를 그리고 있다 할 것이다.

이후 100년, 지금 읽는 『크노크』가 한층 더 '의약적인' 현실로 와닿는 건 왜일까.

"코로나 19에 맞서 국가가 닥터 크노크가 되다!"

코로나 19 사태가 한창이던 2020년 10월 프랑스 일간지 《르몽드》의 한 기사 제목이다. 당시 지구 전체에 가해진 '전염병과 통제'라는 함수를 분석하고 이해해보려고 《르몽드》를 비롯한 여러 언론이 크노크의 유령을 부활시키며 그 이름을 꽤 들먹였다.

당신은 보균자이니 '지금부터 침대에서 쉬어야 한다'는 크노크의 진단은 '코로나 증세가 없어도 감염자일 수 있다'는 코로나 19 진단과 비슷한 맥락으로 들린다. 티비에서 온종일 흘러나오는 보험 광고나 약 광고, 건강 프로들과 야릇하게 조화를 이루며 '우리 모두 언젠가는 환자가 될 것'이라고 최면을 거는 듯한 일상생활! 이렇게 해서 진짜 환자와 건강한 사람 그리고 이제 곧 아프게 될 예비 환자의 경계가 나날이 희미해져 간다.

그렇다면 100년 후는? 의약계의 자본력이 계속해서 걷잡을 수 없이 거대해진다면…… 의술이 인간의 성性과 생사까지 좌우하는 창조주의 자리를 차지하게 될지도 모르겠다.

생존과 저항의 경계에서도 소비하라?

이런저런 저항심으로 책의 생존을 걱정하는 독자들의 감상은 어떨까? 그가 의사라면 〈크노크〉의 첫 상연 때 관람 도중 극장을 뛰쳐나갔다는 의사들처럼 인상을 찌푸리며 씁쓸해할지도 모르겠다. 약에 의존하며 일상의 건강을 지킨다고 믿는 사람들 또한 쥘 로맹의 희극적 터치에 여러 번 미소 지었을 것이다.

아무튼 생존과 저항의 경계를 오가며 책 주위를 맴도는 이들, 이 작품을 집어든 용기에 더하여, 짧은 분량이지만 가치 있는 메시지를 담고 있는 이 흥미로운 프랑스 고전 희곡과 함께 현대 사회의 건강 개념과 의료 정신에 대해 사색해보는 독서가 되기 바란다.

그렇다면 나도 크노크에게서 한 수 배워 읊어볼까? 이 책을 읽으면 병이 낫습니다!

2023년 9월, 파리에서

이선주

"

멀쩡해 보이는 사람들도
자신이 모르는 병을 앓고 있다.

"

클로드 베르나르

(프랑스의 생리학자, 근대 실험의학의 시조)

옮긴이 이선주

나는 자신에 무지한 환자다! "건강한 사람은 자신에 무지한 환자일 뿐이다"의 크노크식 진단에 따르면 말이다. 무지한 환자지만, 병원과 약국의 문을 두드릴 일을 만들지 않는 게 건강이라고 믿는다. 별 의심 없이 당연시 받아들이는 사안들을 되짚어보게 하는 글들을 한국 독자와 나누는 게 치매 예방을 위한 취미생활이라고 여긴다. 이런 정신과 육신으로 파리에서 대학생들에게 한국어를 가르치고 있다. 옮긴 책으로『빚 갚는 기술』『결혼, 죽음』『연금술이란 무엇인가』 등 다수가 있고, 저서로『유럽의 나르시시스트, 프랑스』가 있다.

크노크, 어쩌면 의학의 승리

초판 1쇄 발행 · 2023년 9월 27일

지은이	쥘 로맹
옮긴이	이선주
펴낸이	김요안
편집	강희진
디자인	김이삭

펴낸곳	북레시피
주소	서울시 마포구 신수로 59-1
전화	02-716-1228
팩스	02-6442-9684
이메일	bookrecipe2015@naver.com | esop98@hanmail.net
홈페이지	https //bookrecipe.modoo.at
등록	2015년 4월 24일(제2015-000141호)
창립	2015년 9월 9일

ISBN 979-11-90489-86-7 03860

종이 · 화인페이퍼 | 인쇄 · 삼신문화사 | 후가공 · 금성LSM | 제본 · 대흥제책